Clair-obscur

NELLA
LARSEN

Clair-obscur

ROMAN

Traduit de l'anglais (États-Unis)
par Guillaume Villeneuve

Préface de Laure Murat

J'AI LU

Titre original :
Passing

Éditeur original :
Knopf, New York, 1929

Préface

pour j.

Passing est une histoire de désirs au cœur d'un drame, celui de la frontière. Non pas tant la frontière qui divise les Noirs et les Blancs, mais plutôt la ligne imaginaire infime, liminale, qui sépare le visible du perceptible, l'évidence de l'aveuglement. En prenant pour héroïnes deux femmes noires à peau claire, dont l'une choisira à l'âge adulte de « passer » pour blanche – d'où le titre original, intraduisible, de *Passing* –, Nella Larsen nous installe d'emblée dans une zone franche aussi étroite qu'inquiétante. Car on devine dès lors la cascade de situations à double tranchant que cette trame de départ, nouée autour d'un secret, provoque au fil d'un roman découpé en trois actes, empruntant à l'épure du théâtre antique comme aux ruses du thriller, et auquel pourrait s'appliquer la fameuse phrase de Malraux à propos du *Sanctuaire* de Faulkner : « c'est l'intrusion de la tragédie grecque dans le roman policier ».

Dès les premières pages, le trouble s'insinue avec un cortège de phrases à double entente et de précisions pièges, dans un suspens croissant dont la fin du roman marque l'apothéose. Blanc ou noir ? Adultère ou fidélité ? Accident, meurtre ou suicide ? Tout entier sur le fil du rasoir, ce récit qui menace à chaque instant d'échouer sur une impasse ouvre en réalité sur une béance : l'ambiguïté du signe, la multiplicité du sens, la polysémie de l'interprétation. En brouillant les pistes les unes après les autres avec un art diabolique de la litote, Nella Larsen parvient à nous faire comprendre, entre les lignes, que le malaise provient non pas de l'indétermination mais bien de la rigidité mortelle de nos certitudes. Mené avec une rare économie de moyens et une maîtrise impeccable, ce petit livre, qui est d'abord un magistral travail sur la puissance de la langue, n'est rien moins qu'un chef-d'œuvre.

Reconnu dans toute son importance lors de sa parution en 1929, *Passing* a pourtant été, comme son auteur, progressivement enseveli par le temps et l'oubli, avant de bénéficier d'un formidable regain d'intérêt dans les années 1990, grâce au développement des études culturelles, afro-américaines et postcoloniales. On ne compte plus aujourd'hui les livres, les articles et les thèses consacrés à Nella Larsen. Abondamment commenté et étudié aux États-Unis, *Passing* n'avait cependant jamais été traduit en français, manque à la fois surprenant, dommageable et réjouissant, puisque sa parution coïncide aujourd'hui avec le rêve d'une société post-raciale dans l'Amérique de Barack Obama, qui, comme Nella Larsen, a été élevé dans la famille de sa mère blanche et a connu à peine son père noir. En ce sens, *Passing* peut s'offrir comme le point de départ et l'invitation à une relecture de près d'un siècle de réflexions sur la question raciale, de la ségrégation à la globalisation.

◊

Passing puise, pour partie, dans l'expérience singulière de son auteur, cette femme qui vécut des deux côtés de la *color line* et dont la vie demeure pleine d'énigmes. Née d'une mère danoise, domestique puis couturière, dont le patronyme varie (tantôt Mary Hansen, Hensen ou Henson), et d'un père originaire des îles Vierges, Peter Walker, cuisinier de profession, Nellie Walker voit le jour à Chicago, le 13 avril 1891. Sa mère est blanche, son père noir, ses parents tous deux des Danois immigrés de fraîche date[1]. Lorsque Nellie, déclarée « fille de couleur » à la naissance, vient au monde, le couple est déjà divorcé – son père disparaîtra bientôt sans laisser de traces. Sa mère vient de se remarier avec Peter Larsen (ou Larson), danois lui aussi, routier puis conducteur de tramway. Une fille naîtra de cette nouvelle union, Anna, en 1892, déclarée « blanche ».

Seule métisse de la famille, trop « foncée » pour « passer », Nellie, Nelly puis Nella Larsen, auquel son beau-père a donné son nom, reste néanmoins mal acceptée dans le foyer, en par-

1. Les îles Vierges, sous domination du Danemark, ne seront rachetées par les États-Unis qu'en 1917.

ticulier par sa sœur, qui la reniera purement et simplement – à la mort de Nella, elle se donnera beaucoup de mal pour réussir à prouver *in extremis* son lien de parenté afin de toucher l'héritage. Durant cette enfance qui se déroule dans les quartiers les plus sordides de Chicago, Nella a bénéficié un temps du soutien de sa mère, qui l'emmène avec elle entre 1895 et 1898 au Danemark et s'applique, sachant les difficultés qui l'attendent dans l'Amérique de la ségrégation, à lui assurer la meilleure éducation possible, en l'inscrivant notamment en 1907 à Fisk, université noire de Nashville (Tennessee) dont elle est renvoyée, après une année assez médiocre, pour s'être rebellée contre le code vestimentaire en vigueur. Un deuxième voyage au Danemark et peut-être un troisième, dans les années 1908-1912, dites « les années mystérieuses » où l'on ne sait à peu près rien de sa vie, sinon qu'elle a sans doute suivi des cours en auditeur libre à l'université de Copenhague et vivait chez une de ses tantes, la familiarisent avec l'Europe de ses origines familiales.

Durant cette période, la situation des Noirs aux États-Unis, citoyens libres depuis la fin de la guerre de Sécession en 1865, s'aggrave sous l'effet des lois Jim Crow[1], surnom d'un

---

1. Les lois « Jim Crow » doivent leur appellation à la chanson populaire, *Jump Jim Crow*, écrite en 1828 par Thomas Dartmouth Rice, qui se produisait sur scène en se noircissant le visage pour jouer un Noir du Sud profond – ce qui, notons-le, relève d'une forme détournée de *passing*. Ces lois ségrégationnistes étaient destinées à

ensemble de règlements et d'arrêtés locaux instaurant une ségrégation *de jure* entre les Blancs et les Noirs, supposément « séparés mais égaux », notamment dans les lieux publics. C'est dans ce contexte qu'est fondée, en 1909, la NAACP (National Association for the Advancement of Coloured People), l'une des plus anciennes et des plus puissantes organisations de défense des droits civils.

À son retour en 1912, Nella Larsen ne peut plus revenir vivre avec les siens à Chicago. Certains quartiers, comme Englewood où a déménagé sa famille, sont désormais interdits aux Noirs et aux familles mixtes. Dans les transports en commun, il lui est impossible de voyager à côté de sa propre mère. Elle décide alors de s'engager dans l'un des rares métiers possibles pour les Noires à cette époque, en s'inscrivant à l'école d'infirmières du Lincoln Hospital, dans le Bronx à New York, dont elle décroche brillamment le diplôme en 1915. Elle passe un an à Tuskegee, dans l'Alabama, comme infirmière en chef, poste aux conditions très dures, dont elle démissionne un an plus tard, et revient à New York, où elle travaille pour le département de santé. C'est là qu'elle rencontre Elmer Imes, brillant scientifique, l'un des premiers Noirs à avoir obtenu un doctorat en physique. Elle l'épouse en 1919.

---

contourner les XIIIe, XIVe et XVe amendements de la Constitution américaine, qui assuraient, depuis la fin de la guerre de Sécession en 1865, la citoyenneté et l'égalité en droits des Noirs américains.

Le couple s'installe à Harlem. Une autre vie commence.

Nella écrit ses premiers textes, traductions et adaptations de comptines danoises, dans *The Brownies' Book*, premier mensuel au monde pour enfants noirs, fondé par W. E. B. Du Bois et Augustus Grandville, et fraye avec les cercles littéraires qui, à l'orée des années 1920, contribuent à la Renaissance de Harlem ou *New Negro Mouvement*[1]. Ce mouvement intellectuel, artistique et littéraire, explorant le concept de culture noire dont le XXe siècle découvre l'histoire, revendique la spécificité et la dignité d'une créativité afro-américaine. S'il a son foyer à New York, il rayonne en réalité bien au-delà. Panafricaniste, d'inspiration socialiste, combattant le racisme et le paternalisme, il touche les grands centres urbains, à l'intérieur et à l'extérieur des États-Unis, à l'image du jazz dont les rythmes se répandent à travers le monde.

En s'installant à Harlem à cette époque, Nella Larsen se trouve donc au cœur d'une avant-garde à laquelle des Blancs militants et sympathisants participent. Deux d'entre eux vont imprimer un nouveau tournant à sa vie. En

1. Les historiens s'accordent pour situer la Renaissance de Harlem entre 1919 et les années 1930. Le mouvement sera aussi appelé *New Negro Mouvement*, en référence à une anthologie due à Alan Locke, *The New Negro : An Interpretation* (1925) rassemblant des textes (essais, fiction et poésie) d'auteurs afro-américains.

1920, elle rencontre Ernestine Rose, bibliothécaire visionnaire d'une branche de la New York Public Library destinée à un public multiethnique, qui lui offre de participer à l'organisation de la première exposition de « Negro Art » en 1921 et la convainc bientôt de démissionner du département de santé, de suivre une formation et d'entrer dans la profession : Nella Larsen Imes sera la première Noire à obtenir un diplôme de bibliothécaire ; en 1923, elle devient responsable de la section des livres pour enfants.

En 1925, se noue une autre amitié, déterminante, avec un « riche amateur », écrivain, photographe et mécène de la Renaissance de Harlem, Carl Van Vechten. Personnalité flamboyante, bisexuel, ami de Gertrude Stein dont il sera l'exécuteur littéraire, Van Vechten est aussi un personnage controversé, dont le roman à clé, *Nigger Heaven*[1], best-seller sur la vie à Harlem dans les années 1920, a divisé la communauté noire. Les uns voyaient en lui un opportuniste, les autres un compagnon de route et un observateur lucide. Nella Larsen fait partie des seconds. Elle lui donne à lire ses premières nouvelles, « The Wrong Man » et « Freedom », parues dans un journal populaire, *Young's Realistic Stories Magazine*. Van Vechten

1. Le titre du roman fait allusion au balcon réservé aux Noirs dans les cinémas sous les lois Jim Crow. Publié en 1926 aux États-Unis, *Le Paradis des nègres* paraîtra l'année suivante en France, chez Kra, avec une préface de Paul Morand.

l'encourage aussitôt à écrire un roman. Ce sera *Quicksand* (*Sables mouvants*), qui paraît chez Knopf en 1926.

Récit en partie autobiographique, *Quicksand* raconte l'histoire d'une métisse, Helga Crane, et se déroule dans quatre lieux : Naxos (double transparent de Tuskegee, allusion aussi au thème du labyrinthe et du Minotaure, mi-homme, mi-taureau), Copenhague, Harlem et le sud rural américain, où l'héroïne finit dramatiquement sa vie, mariée à un pasteur noir. Autant de lieux qui révèlent l'impossibilité de trouver sa place dans le monde pour une Américaine d'origine danoise, sans ancêtres ni grands-parents afro-américains, qui a vécu toutes les expériences du rejet, des deux côtés de l'Atlantique – le racisme d'une famille blanche comme la subordination à l'élite noire singeant l'oppresseur ou s'aveuglant dans la religion. En appartenant à tous les mondes, c'est-à-dire à aucun, Nella Larsen, via Helga Crane, parvient à défaire, avec une sécheresse, une ironie et une maîtrise déjà exceptionnelle, l'injonction identitaire, inassignable à une métisse, dont la position intenable révèle l'asphyxie des frontières, la vanité des communautés et l'absurdité des catégorisations.

◊

Comme le fait très justement remarquer le dernier biographe de Nella Larsen, George Hutchinson, *Quicksand* était l'histoire d'une femme *ni* noire *ni* blanche. *Passing*, paru trois ans plus tard, en 1929, sera le récit d'une femme *et* blanche *et* noire[1].

Mais comment peut-on être *et* blanche *et* noire ? En « passant » pour l'une ou l'autre, pratique identifiée aux États-Unis par le concept de *passing*, désignant le plus souvent les « sang-mêlé » dont la complexion claire leur permettait de s'identifier à une communauté plutôt qu'à une autre – en général, la société blanche, ce qui donna par exemple le terme de « passe blanc » en Louisiane[2]. Ce privilège de l'apparence allait être mis à mal à la fin du XIXe siècle avec la fameuse *one drop rule* des lois Jim Crow, qui stipulait qu'une seule goutte de sang noir suffisait à considérer quiconque *legally black*, quelle que soit la couleur de sa peau. Un huitième de « sang noir » interdisait en principe de s'installer dans le bus dans la section des Blancs, quand bien même le ou la contrevenant-e se trouvait être blond-e aux yeux bleus. Cette règle, destinée à préserver

1. George Hutchinson, *In Search of Nella Larsen : A Biography of the Color Line*, Cambridge, Belknap of Harvard UP, 2006, p. 294.

2. Le *passing* a été essentiellement pratiqué par des métis aux États-Unis, mais ne se limite pas aux Noirs et aux Blancs, et ne fonctionne pas toujours dans le même sens. Archibald Belaney (1888-1938), Anglais blanc émigré au Canada et rebaptisé « Grey Owl », s'est par exemple fait passer toute sa vie pour un chef indien, moitié écossais, moitié apache. Le mot s'est par la suite étendu à toute pratique de transgression identitaire, notamment sexuelle – homme « passant » pour femme ou l'inverse, gay « passant » pour hétérosexuel, etc.

l'intégrité et la pureté de la « race » dominante en entravant notamment les mariages mixtes dans certains États, ne brisait pas seulement avec l'idée de critères « visibles » et « tangibles » ; elle imposait dans les mentalités l'idée d'une population divisée en deux catégories uniques et irréconciliables, dont le métis (mot qui n'existe pas en anglais et dont *mixed race* ou *bi-racial* constituent l'équivalent) était d'emblée exclu.

On devine aussi à quel point la *one drop rule* rendait particulièrement périlleuse la pratique du *passing*, dès l'origine attachée à la notion d'imposture et de transgression. En 1925, un procès retentissant, auquel Nella Larsen fait allusion dans *Passing*, allait ainsi faire la une du *New York Times* pendant des semaines et passionner l'Amérique. Leonard « Kip » Rhinelander, fils d'un richissime magnat newyorkais, poursuivait en justice sa femme, Alice Jones, une ancienne domestique qu'il avait rencontrée en 1921 et épousée trois ans plus tard, pour l'avoir trompé sur ses origines en passant pour blanche. Toute leur vie intime fut étalée devant la cour, leurs lettres dévoilées et diffusées dans la presse. Alice Jones dut, à huis clos, se dévêtir et montrer ses seins nus au juge et au jury, entièrement composé d'hommes blancs, afin qu'ils puissent en évaluer la couleur. L'issue du procès tourna à l'avantage d'Alice Jones : fille d'un père métis, reconnue noire, bien que répondant à tous les stéréotypes de la femme blanche, elle fut relaxée et la demande en annulation rejetée, le jury estimant que le mari n'avait pas pu être berné. Le divorce fut finalement prononcé en 1930, et Alice Jones, en vertu d'un accord entre les parties, renonça à tous ses droits sur le nom et la fortune des Rhinelander, contre une somme d'argent. Elle porta son alliance jusqu'à sa mort, survenue bien après celle de son ex-mari, et fit inscrire le nom de Rhinelander sur sa tombe.

La littérature devait tôt s'emparer de ce dilemme de « l'entre-deux races » et exploiter le motif dramatique du passage de l'une à l'autre. Dès le milieu du XIXe siècle, l'apparition d'un personnage, généralement une métisse de la bonne société passant pour blanche, dont le destin s'effondrait lorsque la vérité de ses origines était découverte, avait donné naissance à la tradition dite du *tragic mulatto(a)* – la tragédie du/de la mulâtre. Qu'une femme issue d'un milieu aisé soit le plus souvent prise pour héroïne et que sa vie puisse soudain basculer dans l'esclavage toujours en vigueur, permettait à des auteurs abolitionnistes d'analyser ensemble la question de l'émancipation des femmes, des races et des classes. La nouvelle « The Quadroons »[1] (« Les Quarterons ») par Lydia Maria Child, publiée en 1842 et considérée comme le premier texte du genre, illustre cette problématique à travers la vie d'une enfant à peau claire, élevée en Géorgie par un père blanc mais petite-fille par sa mère

1. Le texte est disponible sur http://www.facstaff.bucknell.edu/gcarr/19cusww/lb/Q.html

d'esclaves non affranchis, qui mourra de désespoir lorsque son lignage sera établi et qu'elle sera achetée par un marchand négrier. De nombreux romans viendront par la suite alimenter cette veine, qui continuera de se développer bien après l'abolition de l'esclavage. En 1900, Charles Waddell Chesnutt publie *The House Behind the Cedars* (*La Maison derrière les cèdres*), adapté en 1927 au cinéma par le réalisateur afro-américain Oscar Micheaux, qui organisera sa campagne de promotion en soulignant les points communs du scénario avec le procès Rhinelander.

Avec *Passing*, Nella Larsen s'inscrit donc dans un courant historique et artistique balisé, où des femmes se sont déjà illustrées, comme Jessie Redmon Fauset, auteure, en 1924, de *There Is a Confusion*. À Harlem, Nella fréquente James Weldon Johnson, auteur de *The Autobiography of an Ex-Coloured Man*, roman d'un homme déchiré par ses origines qui, traumatisé après avoir assisté à une scène de lynchage, décide de passer pour un Blanc médiocre de la classe moyenne plutôt que de faire carrière dans la musique noire. Le livre, publié anonymement en 1912, avait été réédité sous le nom de son auteur en 1927, aux heures les plus dynamiques de la Renaissance de Harlem, chez Knopf. C'est le même éditeur qui accepte le manuscrit de Nella Larsen deux ans plus tard.

◊

Tout en se rattachant à la généalogie romanesque du *tragic mulatto(a)*, Nella Larsen s'écarte néanmoins substantiellement du modèle de base propre aux *passing novels*, dont elle s'emploie à miner les conventions. Car le lecteur ne trouvera ici ni mélodrame, ni victimisation, ni concessions au psychologisme, mais une réflexion très élaborée sur le doute face aux impensés de la « race », à travers un récit qui repose tout entier sur une *fine line*. Le français parvient mal à rendre cette expression très courante en anglais, signifiant que tout se joue à un cheveu. À défaut de traduction, les dictionnaires donnent en général cet exemple : « *There is a fine line between genius and madness* », transposé en « Du génie à la folie, il n'y a qu'un pas » ou, moins heureux, « Peu de choses séparent le génie de la folie ». Un pas, peu de choses, un rien. Et si *tout* dépendait de ce *rien* qui divise ?

L'intrigue, divisée en trois volets, se noue autour des retrouvailles, à plusieurs années d'intervalle, de deux femmes, jadis amies d'enfance : Irène Redfield et Claire Kendry. Tout les sépare, hormis une complexion de peau assez claire qui leur permet de « passer » pour blanches – et d'êtres prises pour des Espagnoles ou des Italiennes au teint mat. De cette faculté à subvertir, du moins formellement dans l'Amérique ségrégationniste, le déterminisme social de la « race » et à naviguer des deux côtés de la *colour line*, elles font un usage opposé : Irène, mariée à un homme qui ne peut pas vraiment « passer », mère de deux fils dont l'un est « foncé », mène une vie mondaine intense dans les cercles de Harlem et fréquente l'intelligentsia noire, quand Claire – prénom suffisamment explicite –, tôt orpheline, a choisi d'épouser un riche Blanc raciste, qui hait les « nègres » et ignore le secret de sa femme. Ou plutôt, il l'ignore sans l'ignorer, comme le suggère son inconscient bavard : par « plaisanterie », il surnomme Claire, dont il estime que la peau brunit avec les années, « Nèg' » – *Nig*, abréviation de *nigger*, était le titre d'abord choisi par Nella Larsen, auquel l'éditeur a préféré celui de *Passing*. En termes psychanalytiques, cette « plaisanterie » est un exemple de ce que Freud a nommé, dès 1915, le « retour du refoulé ».

Ces prémisses posées, Nella Larsen manie sa plume comme un kaléidoscope qu'elle tourne à sa guise, la moindre rotation sensible recomposant la rosace de la question raciale, dont se déploient les infinies variations et les motifs sans cesse diffractés. L'œil du lecteur observe les irisations se former dans la lucarne, mais doit prendre garde à ne pas se laisser abuser par le point de vue de la narration, celui d'Irène, femme dont l'ambition est de maintenir coûte que coûte une vie en conformité avec les *apparences*, formelles et sociales. Or cette volonté de tout sacrifier à la sécurité et à la permanence de sa routine, cet entêtement à faire le bonheur de son mari et de ses enfants malgré eux, à être « raisonnable » et « prudente », littéralement, l'aveugle. Dès le début, l'image est donc déformée et la scène brouillée : c'est au lecteur de déduire, d'imaginer, de deviner et de faire la part des choses dites, vues et tues par Irène. Pour n'être pas neuve, cette astuce narrative n'en exige pas moins un travail d'interprétation et de spéculation, certes propre à toute lecture, mais qui prend ici un tour palpitant.

Car en face d'Irène, se dresse l'élégante Claire, provocatrice, volontiers ironique ou dédaigneuse, qui incarne son *point aveugle* : elle est *the exotic Other*[1], le risque, l'audace, l'avenir. Cette femme qui « passe » dans la vie et joue un jeu dangereux, presque fou, avec son mari, est néanmoins taraudée par un désir inassouvi : « Tu ne sais pas, tu ne peux pas comprendre à quel point je veux voir des Noirs, les fréquenter de nouveau, leur parler, les entendre rire », confie-t-elle à Irène, qu'elle va instrumentaliser pour arriver à ses fins. Cette volonté de « retour » irrépressible – mais à qui ? à quoi ? à quelle origine ? – est l'énigme centrale autour de laquelle se construit dans le roman la question politique de la race. Les Noirs qui « passent », après un temps, « reviennent toujours », constate Brian, le mari d'Irène, laquelle s'exclame « Mais pourquoi ? Pourquoi ? » et qui s'entend répliquer : « Si je le savais, je saurais ce qu'est une race. »

---

1. Voir l'étude de Cheryl A. Wall, « Passing for What ? Aspects of Identity in Nella Larsen's Novels », *Black American Literature Forum*, 20, n° 1/2 (Spring-Summer 1986), p. 99-111, réédité dans Nella Larsen, *Passing*, A Norton critical edition, edited by Carla Kaplan, New York, London, W. W. Norton & Company, 2007, p. 356-363.

Se gardant de répondre à sa place, Nella Larsen préfère s'attacher à ce que produit l'idée de race dans la construction psychique et les comportements. Que signifie la « loyauté » d'Irène face à la « trahison » de Claire ? Dans une patiente élaboration, l'écrivain défait le paradigme du devoir et de la fidélité, de la cohérence formelle des systèmes et de la soumission à des principes, pour recentrer le débat, plus philosophique que moral, autour d'une dialectique de la liberté. Pari audacieux, en ces temps de ségrégation, où l'exigence communautaire et militante est une nécessité politique, un programme d'émancipation, que ce choix de ne pas choisir entre deux couleurs, deux groupes dont les limites sont dénoncées, et de demeurer, avec une ambition têtue, sur une *fine line*. Mais pari ouvert, passionnant, plus propice aux hypothèses qu'aux définitions arrêtées et aux conclusions. À partir de quand la conscience de l'appartenance à une identité entraîne-t-elle l'allégeance à des codes ? À partir de quand verse-t-elle dans l'aliénation ? Dès lors, l'idée de trahir ou d'être fidèle recule dans l'ordre des priorités, qui sont d'explorer les divers enfermements, imposés ou consentis, de l'injonction identitaire.

L'un des moments les plus forts du livre montre à quel point l'allégoric romanesque se prête à cette ambition. Il met en scène Claire, Irène et Gertrude, autre amie d'enfance, réunies autour d'un thé. Les trois femmes ont une communauté de « race » identique, mais une expérience du *passing* qui les divise, notamment par rapport à leur mari. Irène assume, Claire « trahit » quand Gertrude a épousé un Blanc que ses origines « nègres » avérées laissent parfaitement indifférent. Entre elles, aucune affection ni tendresse tangible à l'heure des retrouvailles : Gertrude est « mal à l'aise », Irène « sur la défensive ». Seule Claire, instigatrice de la rencontre, déploie des trésors de conversation charmante dans cette représentation « la plus brillante d'haltérophilie mondaine ». Nella Larsen profite de ce contexte pour développer la géométrie variable du jugement et du libre arbitre dans leurs rapports à ce qui se *voit* et se *sait*. Ce qui se voit et peut se savoir malgré soi : le « sang noir » qui, en vertu de la génétique, peut sauter les générations – motif d'inquiétude chez Claire et Gertrude, décidées à ne plus avoir d'enfants, après une fille pour la première et des jumeaux pour la seconde, miraculeusement « sortis » blancs. Ce qui ne se voit pas et ne se sait qu'à la faveur d'un aveu : le « sang noir » des trois femmes, dont John Bellew, le mari de Claire, ignore tout. Son arrivée porte le malaise de la situation à son comble. Sa plaisanterie au sujet de sa femme à qui il adresse un « Salut, Nèg' » déclenche chez Irène une hilarité qui a tout à voir avec la détresse : « Elle riait sans pouvoir s'arrêter. Les larmes lui dévalaient les joues. Elle en avait mal aux côtes. La gorge lui brûlait. Elle riait sans pouvoir s'interrompre alors que les autres s'étaient arrêtés depuis longtemps. » Car la loyale Irène se trouve désarmée devant les remarques du caricatural John Bellew affirmant sa haine des Noirs devant trois « filles de Cham » et déclarant : « Pas de nègres chez moi. Il n'y en a jamais eu et il n'y en aura jamais. » [...] « – Ainsi, vous n'aimez pas les nègres, M. Bellew ? [...] – Vous m'avez mal compris, Mme Redfield. Rien de tel chez moi. Ce n'est pas que je ne les aime pas, je les hais. Et Nèg' en fait autant, même si elle s'efforce de se transformer en l'un d'eux. » La cruauté de cette scène d'une densité et d'une concision impeccables, où monte une sensation d'angoisse et d'étouffement, a aussi le mérite de mettre au jour le dilemme d'Irène : comment révéler le secret sans compromettre Claire, dont elle s'oblige à être solidaire malgré sa perversité, précisément en vertu de ce lien racial qu'elle ne parvient pas à s'expliquer ? Se taire, c'est trahir la race. Dénoncer, c'est trahir la race à travers une de ses représentantes[1]. Dans un roman où les relations en miroir sont très nombreuses, Irène Redfield souffre, paradoxalement, de la même chose que John Bellew : ils sont, tous les deux, « isolés ». Irène, parce qu'elle sait et ne peut rien dire, à cause de sa « loyauté » envers la « race ». Bellew parce qu'il ne sait pas, et

1. Cette impasse n'a rien perdu de son actualité et n'est pas sans rappeler les controverses au sujet de l'*outing*, ce procédé consistant à révéler l'orientation sexuelle de quelqu'un contre sa volonté, notamment lorsque Act Up avait menacé de dénoncer un député gay qui avait participé à une manifestation anti-Pacs en 1999 – et y avait finalement renoncé.

peut tout dire, à cause de sa croyance à la « race ».

Tout le drame d'Irène Redfield vient du désespoir de « ne pas pouvoir séparer les individus de la race, ni elle-même de Claire Kendry ». Relation à trois, qui dessine un triangle tragique, lorsqu'elle se persuade que son mari la trompe avec Claire : « Elle était prisonnière de deux allégeances, différentes et pourtant semblables. Elle-même. Sa race. Race ! Cette chose qui la liait et l'étouffait. Quelles que soient les initiatives qu'elle prendrait, et même si elle n'en prenait pas, quelque chose en sortirait écrasé. Un personne ou la race. Claire, elle-même, ou la race. Voir elles trois. Rien, semblait-il, n'avait jamais été plus ironique. » Cette douleur d'Irène Redfield, et Nella Larsen est très nette à cet égard, gît tout entière dans cette aliénation. Lorsque le soupçon de l'adultère – dont on ne saura jamais s'il relève de la paranoïa – germe dans son esprit : « Elle ne voulait rien *ressentir* ni rien *penser* ; simplement *croire* que tout n'était qu'une stupide invention de sa part. Et pourtant, elle ne pouvait pas. Pas tout à fait » – c'est moi qui souligne.

L'aveuglement d'Irène Redfield est inversement proportionnel à la curiosité de Claire, décidée, au risque de sa vie, à tout connaître des marges et des frontières qu'elle transgresse avec une désinvolture narquoise et sans le moindre signe de peur. La peur, « la vieille peur » qui « plantait ses griffes en elle », c'est l'affaire d'Irène qui, déstabilisée à l'idée du moindre changement, ne perçoit pas la gravité du péril auquel l'expose l'immobilisme des convenances. Aussi ne faut-il pas s'étonner que cette *femme fatale* exerce un pouvoir magnétique sur Irène, hypnotisée par ses yeux noirs et langoureux, dont le regard recèle « quelque chose » qu'elle ne parvient pas à « nommer ». Attirée par l'irrésistible visage caressant de cette femme « un peu trop belle », « insondable », qui sait « s'y prendre » et semble « lire dans ses pensées », elle tente à plusieurs occasions de se libérer de son emprise. Peine perdue : plus elle essaie, exaspérée contre elle-même, plus elle la subit. Dans ce ballet d'attraction-répulsion, Irène éprouve le plus souvent de l'irritation, qu'un élan soudain, une émotion indéchiffrable, viennent alors briser. Ce qu'elle s'était préparée à lui refuser sans délai, elle l'accepte finalement, malgré elle. Ainsi Claire s'insinue-t-elle progressivement dans la vie privée de son amie, force en douceur les lieux intimes de sa maison : Irène s'offense « secrètement de ces incursions dans la salle de jeux et dans la cuisine, pour une raison obscure qu'elle se refusait à formuler », mais ne lui en touche pas un mot ni ne lui fait sentir. Pourquoi ?

Passing, on l'a dit, est une histoire de désirs. Désir d'appartenir, désir de se libérer, désir de s'identifier, qui a tout à voir avec l'érotisme conflictuel qui lie les deux protagonistes, suffisamment explicite dans le texte, dès leur première rencontre au Drayton, cet hôtel de Chicago réservé aux Blancs. L'insistance insolente avec laquelle Claire observe Irène, très déstabilisée par ce regard fixe qu'elle prend pour une tentative inquisitrice de « lire[1] » sa couleur, donne le ton de leurs relations à venir, dominées par Claire, qui incarne une menace et un danger où se mêle l'excitation. Ailleurs, l'allusion à une liaison clandestine est tout aussi manifeste. Frustrée de n'avoir pas reçu de réponse à sa lettre, Claire déclare ainsi à Irène : « Je me suis rendue tous les jours à cette affreuse petite poste. Je suis certaine que les employés commençaient à penser que j'avais eu une liaison illicite et que le type m'avait larguée. » Happée par ses manœuvres de séduction, effrayée par son audace, Irène en vient même à penser, dans une formulation très énigmatique, que cette femme d'un « égoïsme féroce » pourrait « receler des cimes et des abysses de sentiments qu'elle-même, Irène Redfield, n'avait jamais connus. Qu'elle ne s'était jamais souciée de connaître. » Ces exemples parmi d'autres soulignent assez le caractère potentiellement interdit de leur relation, caractérisée par la dénégation, dans des lieux où elles se dissimulent et cherchent à se débusquer – l'hôtel, la poste restante. Judith Butler a bien montré le rôle transitionnel que

1. Pour Judith Butler, qui a relevé les nombreuses occurrences du mot « *queer* » dans le texte – mot alors associé à la déviance en général, y compris sexuelle –, « le non-dit qui frappe l'homosexualité converge dans l'histoire avec l'illisibilité de la négritude de Claire ». Voir Judith Butler, « *Passing, Queering* : le défi psychanalytique de Nella Larsen », *Ces corps qui comptent*, Amsterdam, 2009, p. 180.

jouent Brian Redfield et John Bellew dans cette relation duelle, où Claire est fétichisée. Une autre métonymie l'indique : l'expression « comme un chat », attribuée à Claire, l'est aussi à Brian qui, vers la fin, est comparé à « un chat qui aurait volé la crème ».

Dans tous les cas, celle qui « passe » transgresse, racialement *et* sexuellement, sans distinction. Claire Kendry, dès le début, a « mauvaise réputation ». Jeune, on l'avait vue avec des hommes blancs et en « robe du soir », traînant derrière elle un parfum de scandale, dont ses camarades faisaient des gorges chaudes. Des bruits avaient couru. Si bien que lorsqu'elle la retrouve douze ans plus tard, Irène n'ose pas l'interroger sur sa vie, qu'elle s'imagine sulfureuse et vaguement inavouable. Ne l'a-t-elle pas surprise à adresser des sourires un peu trop « provocateurs » au serveur ? Ne lui intimera-t-elle pas de renoncer à son projet d'aller seule au bal de la *Negro Welfare League*, ce qui l'assimilerait à ces « dames de petite vertu qui partent en chasse » – ce dont Claire n'a cure ? Les allusions sont trop nombreuses pour ne pas comprendre que passer, aux yeux d'Irène Redfield, se confond avec la prostitution. Vendre sa peau, vendre son corps. Est-ce cette transgression des tabous, qui révèle dans le même mouvement l'existence et la contrainte des interdits, qui la fascine ?

Irène Redfield désire *quelque chose* de Claire Kendry. Quoi ? Elle ne le sait pas. Sa liberté, entre autres. Quelques secondes avant le dénouement, elle se précipite sur Claire et pose sa main sur son bras nu : « Une idée la possédait tout entière. Elle ne pouvait admettre que Bellew la répudie. Elle ne pouvait admettre qu'elle soit libre. » L'a-t-elle poussée du balcon ? Claire s'est-elle laissée tomber ? C'est au lecteur d'en décider. Nella Larsen donne néanmoins suffisamment d'indications pour faire porter la culpabilité sur Irène, dont le geste, peut-être inconscient, signerait en réalité le propre suicide psychologique. Cette chute finale, dans tous les sens du terme, fait écho à l'une des premières scènes du livre, lorsqu'Irène, qui a failli s'évanouir de chaleur, se dirige vers l'hôtel Drayton pour prendre le frais. Avant de monter sur le toit-terrasse où elle tombera sur Claire Kendry, un homme s'effondre dans la rue sur le trottoir : est-il victime d'un malaise ? est-il mort ? Irène ne *veut* pas le savoir : tout ce qu'elle désire, c'est d'arriver au sommet de l'immeuble, où l'air est doux, le décor confortable, et d'échapper aux foules suantes et poisseuses « d'en bas ». La chute de Claire Kendry, dans cet effet miroir, peut aussi se lire comme une punition morale infligée, dans l'esprit enragé d'Irène, à une Noire qui prétendait « passer » d'une race à l'autre, d'une classe sociale à l'autre, d'un mari à l'autre, en toute impunité.

Quoi qu'il en soit, cette conclusion, dont l'ambiguïté a donné lieu à bien des commentaires, a aussi été critiquée, dès la parution du livre : elle ferait partie de ces issues peu convaincantes auxquelles les écrivains recourent par commodité, lorsqu'ils ne savent pas quoi faire de leurs personnages. En ceci, Nella Larsen ne serait pas parvenue à dépasser un cliché, qui plus est caractéristique d'un genre : la *tragic mulatta* ne peut que mourir. Le même reproche avait été adressé à *Quicksand* : Helga Crane, personnage si fort et si peu conventionnel, finissait sa vie dans un mariage désastreux. Le mariage, la mort. D'après Deborah McDowell, l'une des meilleures spécialistes de Larsen, ces sacrifices sur l'autel de l'idéologie bourgeoise doivent être replacés dans le contexte historique des représentations de la sexualité féminine. Les femmes des années 20, noires en particulier, avaient à lutter contre le mythe d'une libido insatiable, hérité du XIXe siècle, qui avait propagé l'image de l'esclave lascive provocant le maître « victime » de leurs manœuvres répétées. Mais Nella Larsen est aussi la contemporaine de ces chanteuses de jazz qui célébraient le désir, synonyme de libération sexuelle. C'est à l'intérieur de cet étau qu'Helga Crane et Claire Kendry se trouvent prises. Le mariage et la mort de ces femmes modernes, dont l'auteur doit néanmoins tempérer l'audace, se comprennent dès lors comme un compromis, une voie oblique destinée à combattre les préjugés spécifiques attachés à la sexualité noire[1].

Si la couleur est bien au cœur du roman, Nella Larsen, par touches subtiles, nuance ce

1. Deborah E. McDowell, « Introduction », *Quicksand* and *Passing*, Rutgers, 1986, réédité *in* Nella Larsen, *Passing*, A Norton critical edition, *op. cit.*, p. 363-379.

tableau en clair-obscur et élargit le spectre. La peau des domestiques d'Irène Redfield, « acajou » pour Zulena, « ébène » pour Liza, résonne comme un écho lointain avec le mobilier « chocolat » du salon où Claire Kendry a donné rendez-vous à Irène et Gertrude. Cette assimilation discrète des serviteurs aux meubles, partageant les caractéristiques du bois sombre, relève de ces réifications métaphoriques que Nella Larsen manipule très habilement pour lier *visuellement* la question raciste avec la critique sociale. Claire elle-même, fille de portier, élevée par deux tantes blanches qui l'obligeaient à faire le ménage et la lessive pour gagner son gîte, a bien la peau « ivoire », tel un objet précieux – mais un objet tout de même. Gertrude porte une robe de crêpe Georgette ordinaire, « tarabiscotée » et « trop courte » qui convient à cette « femme de boucher » que regarde avec mépris la bourgeoise Irène, ailleurs vêtue d'un plus élégant crêpe de Chine. Outre que le crêpe (du latin *crispus*, frisé) à la trame grenue peut se lire en rapport direct avec la chevelure sacrifiée « de boucles frisées si vivantes » de Gertrude, il évoque aussi le deuil, le noir, l'appartenance à la race. Parmi ces multiples détails, la garde-robe de Claire reste sans doute l'indicateur le plus parlant sous la plume de Nella Larsen, elle-même, rappelons-le, fille de couturière, sachant tenir l'aiguille et qui fut toute sa vie très attentive à son propre habillement. Le plus souvent, Claire, femme libre et vivante, apparaît dans une symphonie de couleurs éclatantes : « vert printanier », « bleu roi » et, pour le soir de sa mort, « une robe rouge étincelante », la couleur du triomphe, qui lui donne l'allure, une minute avant la chute, d'« une flamme rouge et or ». Même lorsqu'elle opte pour des tons plus discrets, son choix d'accessoires sophistiqués rehausse son élégance naturelle : « Elle portait une robe brun cannelle d'une simplicité absolue qui faisait ressortir toute sa vive beauté, avec un petit chapeau doré. Autour de son cou coulait une rivière de perles d'ambre d'où on aurait facilement tiré six à huit colliers comme celui d'Irène. Oui, elle était éblouissante. » Ces détails, destinés à souligner le contraste avec une Irène qui ne parvient pas à soutenir la comparaison, ne sont jamais plus pertinents que dans la scène qui précède le bal de la *Negro Welfare League,* où Claire a réussi à se faire inviter. Comme on pouvait s'y attendre, elle arrive « exquise, dorée, parfumée, ondoyante dans une robe majestueuse de taffetas noir brillant, dont les plis amples, longs et gracieux tombaient sur ses minces pieds dorés. [...] Irène, dans sa nouvelle robe de mousseline de soie rosâtre qui s'arrêtait aux genoux, se sentit vieillotte et ordinaire. » Métaphore, cette fois on ne peut plus explicite, où la robe se fait *signe* d'un double aveu : Claire la dissimulatrice porte sa couleur en bannière, quand Irène dénonce, dans ce vêtement passé de mode couleur chair, sa sujétion à l'idéologie blanche dominante. De Claire ou d'Irène, qui donc « trahit » ou plutôt « est trahie » par ce voilement/dévoilement ? Il est aussi loisible de voir dans cette revendication *visuelle* mais non *formulée* par les protagonistes – les écarts entre le *vu* et le *su* constituant la problématique centrale du roman – une association de la « négritude » (*blackness*) avec la modernité dans le Harlem des années 20 en opposition avec une « blanchitude » (*whiteness*) dont le système « démodé » appartient déjà au passé. Nella Larsen, dans ce recours à l'oxymore d'une *seconde peau* qui masque le corps et révèle l'auto-identification à la race dans le même mouvement[1], pouvait-elle trouver allégorie plus éloquente du *passing* ?

◊

Tour de force d'écrivain, *Passing* se pose en défi pour le traducteur. Le sujet même du roman qui lui donne son titre, référence à un concept spécifiquement américain, entraîne avec lui une cascade de mots, d'expressions, d'allusions et de présupposés liés à l'histoire de la ségrégation et la race en Amérique, qui ont beaucoup de mal à « passer » dans la langue française. Le seul mot de « race », par exemple, a beau être identique dans les deux langues, il

1. Il est frappant de constater que, plus d'un siècle auparavant, Claire de Duras, dans son roman *Ourika* (1823), avait utilisé le même procédé : Ourika, Sénégalaise élevée dans une famille aristocratique française, finit sa vie au couvent, cachant la couleur de sa peau sous un voile noir qui la recouvre entièrement.

ne véhicule pas les mêmes images ni les mêmes postulats historiques. Ce problème culturel n'est pas neuf – mais il a la particularité d'être constant dans ce livre-ci. S'y ajoute une difficulté littéraire plus générale à restituer les différents registres stylistiques sur lesquels joue Nella Larsen, dont la prose, tour à tour lyrique, poétique, ou d'une sécheresse acerbe, donne au roman une couleur musicale, à la fois heurtée et souple, qui « s'entend » en anglais mais plus difficilement dans une autre langue – l'espagnol, l'italien ou l'allemand ne s'y sont d'ailleurs toujours pas essayés.

Le roman a en outre pâti de l'oubli dans lequel il est tombé quelques années après sa publication en 1929. Salué par la critique, considéré par le très influent W. E. B. Du Bois comme « l'un des meilleurs romans de l'année », il ouvrait pourtant à Nella Larsen une carrière pavée de gloire et de reconnaissance. Il en sonnait en réalité la fin. Les historiens ont longtemps attribué à une affaire de plagiat l'anéantissement et la disparition de l'auteur de la scène publique. En 1930, Nella Larsen fut le premier auteur noir à publier une nouvelle, intitulée « Sanctuaire », dans la revue *The Forum*. Un lecteur écrivit à la revue pour signaler les ressemblances de ce texte avec « Mrs. Adis », une nouvelle de Sheila Kaye-Smith parue huit ans plus tôt. Même intrigue (la race se substituant au problème de classes), même construction, phrases parfois identiques à celles de l'original... Nella Larsen répond et se défend, envoie ses quatre brouillons à la revue pour prouver sa bonne foi, mais l'affaire fait le tour de Harlem et porte un coup à sa réputation. Ce qui ne l'empêche pas, quelques mois plus tard, de recevoir la très prestigieuse bourse Guggenheim pour l'encourager à écrire son prochain roman – Nella Larsen n'était que la quatrième Noire à être couronnée par l'institution. Elle profite de cette opportunité pour voyager au Portugal, en Espagne et en France, loin de son mari qu'elle a l'intention de quitter, depuis qu'elle a appris qu'il la trompait. Elle travaille alors à un livre intitulé *Mirage*, récit d'un triangle amoureux, qui sera finalement refusé par Knopf.

À son retour aux États-Unis, elle tente de sauver son mariage en s'installant à Fisk – l'université dont elle s'était fait renvoyer adolescente et où son mari occupe désormais un poste. Mais leurs relations se dégradent. Nella Larsen, qui aurait fait à cette époque une tentative de suicide, plonge dans la dépression. Elle revient seule à New York. Elle ne parviendra jamais à remonter la pente. Peu à peu, elle s'éloigne de tous ses amis, y compris du fidèle Carl Van Vechten qu'elle voyait autrefois plusieurs fois par semaine. On murmure qu'elle boit, qu'elle se drogue. Pendant plus de vingt ans, elle va devenir « la recluse de la Deuxième Avenue », qui refuse tout contact. Elle retourne à sa profession d'infirmière, jusqu'à sa retraite. Le 30 mars 1964, on la retrouve morte dans son appartement.

Deux générations après, la redécouverte de son œuvre lui rend sa juste valeur, parmi les grands auteurs de la Renaissance de Harlem[1]. La fortune critique du terme *passing* doit beaucoup à cette résurrection et à l'analyse théorique d'un genre qui inspira récemment Philip Roth, avec *The Human Stain* (2000, traduction française : *La Tache*, 2002), roman dont le héros, un professeur d'université, doit se défendre contre une accusation de racisme sans pouvoir livrer le secret qui le lie à la « race » – cette hantise américaine, universelle.

Laure MURAT.

1. Le lecteur trouvera une bibliographie en fin de volume, p. 217.

CLAIR-OBSCUR

À trois siècles de distance
Des scènes aimées de ses pères,
Halliers d'épices, canneliers,
Que m'est l'Afrique ?

Countée CULLEN,
extrait du poème « Heritage » (« Patrimoine »)
in *Color* (1925).

PREMIÈRE PARTIE

RETROUVAILLES

I

C'était la dernière lettre dans la petite pile du courrier qu'avait reçu Irène Redfield ce matin-là. À côté des autres lettres, banales et bien libellées, cette enveloppe longue en fin papier italien avec son griffonnage presque illisible semblait déplacée, étrangère. Elle avait en outre quelque chose de mystérieux, de vaguement furtif. Un objet mince, sournois, sans adresse qui trahisse l'expéditeur. Non qu'elle ne sût pas aussitôt qui l'envoyait. Environ deux ans auparavant, elle en avait reçu une très semblable d'aspect. Furtive, mais curieusement et comme à dessein, un peu tapageuse : encre violette, papier étranger surdimensionné.

Elle portait, remarqua Irène, le cachet de la veille, d'une poste new-yorkaise. Ses sourcils se rejoignirent, esquissant un léger froncement. Froncement davantage dû, toutefois, à la perplexité qu'à la contrariété, même si quelque chose de ces deux sentiments coexistait en elle. Elle était totalement incapable de comprendre une telle réaction face au danger, comme si elle était sûre de ce que la lettre contenait ; elle n'aimait pas l'idée de l'ouvrir et de la lire.

Cela, songea-t-elle, correspondait à tout ce qu'elle savait de Claire Kendry. Toujours au bord du danger. Toujours aux aguets, mais refusant de battre en retraite ou d'esquiver. Assurément pas à cause de l'effroi ou d'un sentiment de scandale, quels qu'ils soient, éveillés chez autrui.

Un bref instant, Irène Redfield crut voir une petite fille pâle assise sur un sofa bleu élimé, occupée à rapiécer des morceaux de tissu rouge vif, tandis que son père ivre, grand, puissamment bâti, parcourait, rageur et menaçant, la pièce miteuse, en beuglant des malédictions et en lui envoyant par à-coups des taloches qui manquaient leur cible la plupart du temps mais n'en étaient pas moins effrayantes. Il arrivait qu'il la touche. Mais seul le fait que l'enfant se fût installée, avec son misérable ouvrage, dans l'angle le plus éloigné du sofa, laissait supposer qu'elle était vaguement troublée par ce risque pesant sur elle et son travail.

Claire savait fort bien qu'il était dangereux de prélever une partie du dollar hebdomadaire reçu en paiement des nombreuses courses qu'elle effectuait pour la couturière installée au dernier étage de l'immeuble dont son père était le portier. Mais cela ne l'avait pas dissuadée. Elle voulait aller au pique-nique de son école du dimanche et comptait bien y porter une nouvelle robe. Alors, malgré les désagréments certains et le danger éventuel, elle avait pris l'argent pour acheter le tissu de cette pitoyable petite robe rouge.

Il n'y avait rien, même à cette époque, de sacrificiel dans sa conception de la vie, aucune allégeance à ce qui n'était pas son désir immédiat. Elle était égoïste, froide, dure. Et pourtant, une étrange aptitude à transmuer la chaleur et la passion l'habitait aussi, confinant parfois à un héroïsme théâtral.

Irène, plus âgée d'un an au moins, se rappelait le jour où Bob Kendry, le père de Claire, avait été ramené chez lui, mort, tué dans une stupide bagarre de tripot. Claire, qui ne pouvait avoir plus de quinze ans, était restée là, les lèvres serrées, ses bras maigres croisés sur son étroite poitrine, à fixer le visage familier, d'un blanc cireux, de son géniteur, avec une sorte de dédain dans ses yeux noirs bridés. Très longtemps, elle était restée ainsi, muette, à le fixer. Puis, d'un seul coup, elle avait laissé libre cours à un torrent de pleurs, tordant son corps frêle, arrachant ses cheveux clairs, tapant de ses petits pieds sur le sol. La crise avait cessé aussi soudainement qu'elle avait commencé. Elle jeta un rapide coup d'œil sur la pièce nue, engloba tout le monde, même les deux policiers, dans un regard étincelant de mépris. Une minute plus tard, elle avait passé la porte et disparu.

Vu tant d'années après, l'épisode ressemblait plus à l'explosion d'une fureur contenue qu'à un débordement de chagrin pour son père mort ; même si, reconnaissait Irène, elle l'avait bien aimé à sa façon à elle – comme une chatte.

Comme une chatte. C'était sans doute l'expression qui décrivait le mieux Claire Kendry, à supposer qu'une seule expression y parvienne.

Parfois, elle était dure et, semblait-il, tout à fait insensible ; parfois elle était affectueuse et follement impulsive. Il émanait d'elle une stupéfiante et douce méchanceté, bien dissimulée jusqu'à ce qu'on la provoque. Alors elle savait griffer, et avec quel art ! Ou, poussée à la colère, elle combattait avec une férocité et une impétuosité qui ignoraient ou oubliaient la supériorité en force, en nombre, ou toute autre menace. Avec quelle sauvagerie elle avait labouré de ses griffes ces garçons le jour où ils s'étaient moqués de son père en chantant un refrain méprisant, de leur propre composition, qui soulignait les excentricités de sa démarche chaloupée ! Avec quelle volonté elle avait...

Irène ramena ses pensées au présent, à cette lettre de Claire Kendry qu'elle tenait toujours dans sa main. Avec un peu d'appréhension, elle fendit très lentement l'enveloppe, en retira les feuillets pliés, les étala et se mit à lire.

Elle comprit tout de suite qu'il s'agissait de ce à quoi elle s'était attendue en voyant, d'après le cachet de la poste, que Claire était en ville. Le souhait de la revoir formulé d'une manière extravagante. Eh bien, se dit-elle, elle n'avait aucune obligation d'accepter et ne le ferait pas. Et elle n'aiderait pas davantage Claire à réaliser son désir ridicule de retrouver pour un instant la vie qu'elle avait jadis, et de son propre chef, laissée derrière elle.

Elle lut toute la lettre, en déchiffrant de son mieux les mots négligemment formés ou en les devinant à l'instinct.

« […] Car je suis seule, si seule, […] ne puis m'empêcher de désirer ardemment te revoir, comme jamais je n'ai désiré jusqu'ici ; et j'ai voulu bien des choses dans ma vie. […] Tu n'as pas idée combien dans cette vie pâle qui est mienne je revois sans cesse les images brillantes de celle dont j'ai cru autrefois me débarrasser avec joie. […] C'est une sorte de tourment, une douleur qui n'en finit pas. […] » Des feuillets interminables. S'achevant enfin par : « Et c'est ta faute, ma chère Reine. Du moins en partie. Car je n'aurais pas, peut-être, ce terrible, ce furieux désir si je ne t'avais vue cette fois-là à Chicago. […] »

Des taches rouge vif brûlaient les joues chaudes et mates d'Irène Redfield.

« Cette fois-là à Chicago. » Les mots se détachaient parmi les nombreux paragraphes d'autres mots, en ranimant un souvenir aigu et clair, dans lequel, même aujourd'hui, deux ans plus tard, l'humiliation, le ressentiment et la rage s'entremêlaient.

II

Voici ce dont Irène Redfield se souvenait.

Chicago. Août. Un jour éclatant, chaud, au soleil brutal, inflexible, déversant des rayons semblables à une pluie en fusion. Un jour où les contours mêmes des immeubles frémissaient comme pour protester contre la chaleur. Des lignes tremblotantes jaillissaient des trottoirs brûlants et tressaillaient sur les chaussées luisantes. Les automobiles stationnaient le long du trottoir comme un ruban flamboyant et les vitrines des boutiques vomissaient un torrent de lumière aveuglant. De fines particules de poussière s'élevaient de la fournaise des trottoirs, piquant la peau brûlée ou dégoulinante des piétons amorphes. Le peu de brise qu'il y avait ressemblait au souffle d'une flamme attisée avec lenteur par un soufflet.

C'est ce jour-là qu'Irène avait choisi pour acheter les objets qu'elle avait promis de rapporter à ses deux petits garçons, Brian junior et Théodore. Car, cela lui ressemblait bien, elle avait repoussé cette course jusqu'à ce que ce long séjour ne compte plus que quelques journées surchargées. Seule celle-là, écrasante, était libre avant le soir.

Elle trouva l'avion mécanique de Junior sans trop de difficulté. Mais le carnet à dessins pour lequel Ted lui avait donné, avec gravité et insistance, un luxe de détails, l'avait déjà faite entrer vainement dans cinq boutiques.

Elle se dirigeait vers un sixième magasin, quand, juste devant ses yeux irrités, un homme trébucha et se transforma en une masse inerte et avachie sur le ciment brûlant. Un petit attroupement se forma autour de la silhouette inanimée. Était-il mort ou seulement évanoui ? lui demanda quelqu'un. Irène n'en savait rien et ne tenta pas de le découvrir. Elle se fraya un chemin en dehors de la foule qui grossissait, se sentant désagréablement humide, poisseuse et souillée d'avoir touché tant de corps en sueur.

Un court instant, elle resta à s'éventer et à se tamponner le visage ruisselant avec un bout de mouchoir, très insuffisant. Soudain, toute la rue lui parut se gondoler : elle comprit qu'elle allait s'évanouir. Il lui fallait trouver un refuge immédiat et elle leva une main tremblante vers un taxi à l'arrêt juste devant elle. Le chauffeur en nage sauta de la voiture et la guida jusqu'à la portière. Il l'aida, presque en la soulevant, à entrer. Elle s'effondra sur le siège de cuir chaud.

Une minute, ses pensées restèrent nébuleuses. Elles s'éclaircirent.

— Je suppose, dit-elle à son bon Samaritain, que c'est du thé qu'il me faut. Sur une terrasse quelque part.

— Au Drayton, madame ? On dit qu'il y fait toujours bon là-haut.

— Merci, je pense que le Drayton sera parfait.

On entendit le petit raclement produit par l'embrayage à l'enclenchement de la première vitesse et la voiture se faufila adroitement dans la circulation bouillonnante. Ranimée par la brise produite par le déplacement du taxi, Irène s'efforça de réparer un peu les dégâts causés à sa mine par la chaleur et la foule.

Bien trop vite, le bruyant véhicule se dirigea vers le trottoir et s'immobilisa. Le chauffeur bondit pour lui ouvrir la portière avant que l'employé chamarré de l'hôtel n'ait pu atteindre la voiture. Elle descendit et le remercia d'un sourire – et d'un geste plus substantiel – de son aimable sollicitude et de sa compréhension avant de franchir les larges portes du Drayton.

Au sortir de l'ascenseur qui la déposa sur le toit, on la conduisit à une table située devant une vaste baie dont les rideaux flottants signalaient une brise fraîche. C'était, se dit-elle, comme se trouver propulsée sur un tapis volant vers un autre monde, agréable, calme, étrangement éloigné de celui, grésillant, qu'elle avait laissé en contrebas.

Le thé, lorsqu'il arriva, combla ses désirs et ses attentes. En fait, il y répondit si bien qu'une fois bue une première longue gorgée rafraîchissante, elle put l'oublier et se contenter de tremper les lèvres, un peu distraitement, dans le grand verre, tout en étudiant la pièce où elle se trouvait ou bien en regardant au loin, au-delà d'immeubles plus bas, le bleu éclatant, étale, du lac qui s'étendait jusqu'à l'horizon indiscernable.

Elle fixait d'un air absent et depuis un moment les taches des voitures et des gens marchant dans les rues, en se disant qu'ils avaient l'air bien stupide, quand en reprenant son verre elle s'aperçut avec étonnement qu'il était enfin vide. Elle réclama un autre thé et, en attendant, se mit à réfléchir à sa journée : qu'allait-elle faire au sujet du carnet de Ted ? Pourquoi fallait-il qu'il voulût presque invariablement quelque chose de difficile ou d'impossible à trouver ? Comme son père. Toujours à demander la lune.

Peu après, elle entendit des voix – celle, tonitruante, d'un homme et celle d'une femme, légèrement rauque. Un serveur passa près de sa table, précédant une femme délicatement parfumée, dans une robe ondoyante de mousseline de soie verte, dont le motif entrelacé de narcisses, jonquilles et jacinthes évoquait les journées d'un printemps frais et agréable. Elle était suivie d'un homme au visage rougeaud qui s'épongeait le cou et le front avec un grand mouchoir froissé.

— Oh zut ! gémit Irène, irritée, car après une petite discussion et un peu de remue-ménage, ils s'étaient arrêtés à la table immédiatement voisine.

Elle était restée seule devant la baie dans une quiétude si satisfaisante ! À présent, ils allaient évidemment bavarder.

Mais non. Seule la femme s'assit. L'homme resta debout, à arranger d'un air absent le nœud de sa cravate bleu roi. Sa voix portait distinctement au-delà de l'espace séparant les deux tables.

— À tout à l'heure, dit-il en regardant la femme.

Son intonation exprimait le plaisir et son visage souriait. Les lèvres de sa compagne s'ouvrirent pour répondre, mais ses paroles, brouillées par la distance et le brouhaha montant des rues en contrebas, ne parvinrent pas à Irène. Elle remarqua le sourire particulier, caressant, qui les accompagnait.

L'homme déclara :

— Eh bien, je suppose que je ferais mieux... il sourit encore, salua et s'en fut.

Une femme séduisante, jugea Irène, avec ces yeux sombres, presque noirs, cette bouche large comme une fleur écarlate sur l'ivoire de la peau. Une belle toilette aussi, idéale pour le temps, légère et fraîche, sans être froissée comme le sont trop souvent les vêtements d'été.

Un serveur prenait sa commande. Irène vit qu'elle lui souriait en murmurant quelque chose – merci, peut-être. C'était un étrange sourire. Elle ne pouvait vraiment le définir mais elle était certaine qu'elle l'aurait jugé, venant d'une autre, légèrement trop provocateur pour s'adresser à un serveur. On y lisait toutefois quelque chose qui la faisait hésiter à le réprouver. Une certaine assurance, peut-être.

Le serveur revint avec sa commande. Irène la regarda déplier sa serviette, vit la cuiller d'argent dans la main blanche fendre l'or terne du melon. Puis, consciente d'avoir été indiscrète, elle détourna rapidement le regard.

Elle retourna à ses préoccupations. Elle avait définitivement réglé la question de savoir quelle était la plus adaptée des deux robes pour le bridge de la soirée, dans des salons où l'atmosphère serait si lourde et chaude qu'on aurait l'impression de respirer de la soupe. Ce point éclairci, elle revint au dilemme du carnet de Ted, le regard perdu sur le lac, quand une sorte de sixième sens lui fit comprendre qu'on l'observait.

Très lentement, elle tourna la tête jusqu'à croiser les yeux sombres de sa voisine en robe verte. Celle-ci ne se rendait évidemment pas compte que l'intérêt intense dont elle faisait montre pouvait être embarrassant : elle continuait à la fixer. Elle se comportait comme qui était déterminé, avec une concentration absolue, à retenir précisément et durablement chaque détail des traits d'Irène, et ce à jamais, sans manifester ne fût-ce que l'ombre d'un trouble après s'être aperçue qu'on avait repéré son manège.

Au contraire, ce fut Irène qui perdit contenance. Se sentant rougir sous cette inspection continue, elle baissa les yeux. Quelle pouvait bien être la raison d'une attention aussi insistante ? Avait-elle remis son chapeau à l'envers, dans l'agitation du taxi ? Elle y porta discrètement la main. Non. Peut-être avait-elle laissé un filet de poudre sur son visage. Elle y passa rapidement son mouchoir. Un problème avec sa robe ? Elle vérifia d'un regard. Tout était en ordre. Qu'y avait-il donc ?

Elle releva ses yeux noisette qui retournèrent poliment, brièvement, leur regard curieux aux yeux noirs de sa voisine, sans que ceux-ci se dérobent ou vacillent une seule seconde. Irène haussa intérieurement les épaules. Eh bien, qu'elle regarde ! Elle tenta de traiter cette femme et sa surveillance par l'indifférence, mais en vain. Tous ses efforts en ce sens restaient infructueux. Elle lui lança un autre coup d'œil. Elle regardait toujours. Quels yeux elle avait, étranges et langoureux !

Peu à peu grandit chez Irène un léger trouble, intime, odieux et affreusement familier. Elle rit doucement, mais ses yeux lancèrent des éclairs.

Cette femme savait-elle, pouvait-elle le savoir, qu'ici, devant elle, sur la terrasse du Drayton, se tenait une négresse ?

Absurde ! Impossible ! Les Blancs étaient si stupides à cet égard, malgré leurs protestations que rien ne leur échappait jamais ; et grâce aux indices les plus grotesques : ongles des doigts, forme des paumes, des oreilles, des dents et autres sottises. Ils la prenaient toujours pour une Italienne, une Espagnole, une Mexicaine ou une Tzigane. Jamais, quand elle était seule, avaient-ils le moins du monde semblé se douter que c'était une négresse. Non, cette femme qui la fixait ne pouvait absolument rien savoir.

Pourtant, Irène sentit glisser sur elle, tour à tour, de la colère, du mépris et de la peur. Ce n'était pas qu'elle eût honte d'être une négresse, ni même qu'on le lui dise. C'était l'idée d'être refoulée d'un lieu, quel qu'il soit, fût-ce de la manière polie et pleine de tact dont en userait probablement le Drayton, qui l'angoissait.

Mais elle regarda, hardiment cette fois, les yeux qui restaient franchement rivés sur les siens. Ils ne lui semblaient ni hostiles ni irrités. Irène eut plutôt l'impression qu'ils étaient prêts à lui sourire si elle y consentait. Absurdité, bien sûr. Cette impression passa, et elle se détourna avec la ferme intention de fixer le lac, les toits des immeubles de l'autre côté de la rue, le ciel, tout sauf cette femme agaçante. Presque aussitôt, cependant, ses yeux étaient de retour. Dans cette brume de malaise, le désir s'emparait d'elle de forcer cette observatrice impolie à baisser les yeux. Quand bien même elle saurait ou se douterait de sa race. Elle ne pouvait le prouver.

Soudain, sa légère frayeur grandit. La voisine s'était levée et venait à elle. Qu'allait-il se passer ?

— Excusez-moi, dit aimablement l'inconnue, mais je crois vous connaître.

Sa voix, légèrement rauque, se teintait d'un doute.

En levant la tête, les soupçons et les craintes d'Irène s'évanouirent. On ne pouvait se méprendre sur ce sourire amical ni résister à son charme. Elle rendit aussitôt les armes et sourit aussi :

— Je crains que vous ne vous trompiez.

— Mais comment, bien sûr, que je vous connais ! s'exclama l'autre. Ne me dites pas que vous n'êtes pas Irène Westover. À moins qu'on ne vous appelle toujours Reine ?

Durant la seconde qui précéda sa réponse, Irène tenta vainement de se rappeler où et quand cette femme pouvait l'avoir connue. Ici, à Chicago. Et avant son mariage. Cela au moins, c'était clair. Au lycée ? À l'université ? Dans des clubs de l'Association des jeunes chrétiennes ? Au lycée, très probablement. Quelles jeunes Blanches avait-elle connues assez intimement pour qu'elles l'appellent Reine ? La femme qui se tenait devant elle ne correspondait à aucun des souvenirs qu'elle en gardait. Qui était-ce ?

— Oui, je suis Irène Westover. Et bien que personne ne m'appelle plus Reine, réentendre ce surnom est bien agréable. Et vous...

Elle hésitait, honteuse de ne pouvoir se rappeler, espérant que son interlocutrice finirait sa phrase à sa place.

— Vous ne me reconnaissez pas ? Sincèrement, Reine ?

— Je suis désolée, mais à la minute, je ne vois pas.

Elle étudiait la belle créature debout devant elle à la recherche d'un indice sur son identité. Qui pouvait-elle être ? Où et quand s'étaient-elles connues ? La pensée lui vint, au milieu de sa perplexité, que le tour que lui jouait sa mémoire plaisait davantage qu'il ne déplaisait à cette vieille connaissance, et qu'elle ne s'offusquait pas de ne pas être reconnue.

Du reste, Irène sentait qu'elle était sur le point de se souvenir d'elle. Car il y avait chez cette femme une qualité, un je-ne-sais-quoi, trop vague pour le définir, trop éloigné pour le saisir, mais qui n'en était pas moins très familier à Irène Redfield. Et cette voix. Elle avait certainement entendu ces accents rauques quelque part. Peut-être avant que le temps, des relations ou autre chose ne les aient travaillés, modifiés pour donner à cette voix un ton légèrement anglais. Ah ! Pouvaient-elles s'être connues en Europe ? Mais pas de Reine alors.

— Peut-être, commença-t-elle, vous...

La femme se mit à rire, d'un beau rire, une petite suite de notes qui évoquaient à la fois des trilles et une cloche raffinée, coulée dans un métal précieux, un tintement.

Irène inspira profondément :

— Claire ! s'exclama-t-elle. Ce n'est pas Claire Kendry ?

Sa stupéfaction était si grande qu'elle s'était relevée.

— Non, non, ne te lève pas, lui ordonna Claire Kendry en s'asseyant elle-même. Tout ce que je te demande, c'est de rester et de parler. Nous allons prendre autre chose. Du thé ? Incroyable de te retrouver ici ! C'est vraiment trop de chance !

— C'est une sacrée surprise, observa Irène qui, notant l'altération du sourire de son interlocutrice, comprit qu'elle avait dévoilé un peu de ses pensées.

— Je ne t'aurais jamais reconnue si tu n'avais pas ri. Tu as changé, sais-tu. Et pourtant, en un sens, tu es exactement la même.

— Peut-être, répondit Claire. Oh, un instant.

Elle accorda son attention au serveur.

— Hum. Voyons. Deux thés. Et apportez des cigarettes. Oui, ça ira. Merci.

À nouveau ce curieux sourire pointu. Irène était certaine, à présent, qu'il était trop provocateur pour s'adresser à un serveur.

Tandis que Claire passait la commande, elle fit un rapide calcul mental. Douze bonnes années devaient avoir filé, à son avis, depuis qu'elle ou toute autre personne de sa connaissance avait posé les yeux sur Claire Kendry.

Après la mort de son père, elle était partie chez des parents, des tantes ou des cousins au deuxième ou troisième degré, dans les quartiers ouest : des parents que personne ne connaissait aux Kendry jusqu'à ce qu'ils assistent aux obsèques et emmènent Claire avec eux.

Durant un peu plus d'une année, elle continua de rendre visite à ses vieux amis et relations dans le quartier sud. De brèves visites dont le temps, leur semblait-il, était toujours volé à celui des interminables tâches ménagères requises par sa nouvelle maison. À chaque nouvelle apparition, elle était plus grande, plus négligée, d'une sensibilité plus agressive. À chaque fois, son expression était plus amère et maussade. « Je m'inquiète pour Claire, elle a l'air si malheureuse », disait la mère d'Irène, elle s'en souvenait bien. Les visites s'étiolèrent, se firent plus courtes, plus rares, de plus en plus espacées jusqu'à cesser.

Le père d'Irène, qui avait eu de l'affection pour Bob Kendry, se rendit exprès dans les quartiers ouest environ deux mois après la dernière apparition de Claire et revint avec cette simple nouvelle – il avait vu ses parents et Claire avait disparu. Quant à ce qu'il avait pu confier de plus à sa femme, dans l'intimité de leur chambre, Irène l'ignorait.

Mais elle avait eu un peu plus qu'un soupçon à ce sujet. Des rumeurs couraient, en effet. Des rumeurs intéressantes et excitantes pour des filles de dix-huit ou dix-neuf ans.

Selon l'une d'elles, on avait vu Claire Kendry dînant dans un hôtel élégant en compagnie d'une autre femme et de deux hommes, des Blancs tous les trois. Et *en robe du soir* ! Selon une autre, elle se promenait en voiture à Lincoln Park avec un homme, indubitablement blanc, évidemment riche. Limousine Packard, chauffeur en livrée et tout le tralala. Et puis d'autres récits dont Irène avait oublié la teneur, mais qui allaient tous dans le même sens, pleins de prestige et d'éclat.

Elle se souvenait très clairement que ses camarades et elle, quand elles se répétaient ces histoires sensationnelles qui couraient sur Claire, échangeaient des regards entendus, détournaient, excitées et gloussantes, des yeux brillants, ardents, et déclaraient avec des sous-entendus discrets où pointaient regret et incrédulité : « Oh, elle a peut-être trouvé un boulot » ou « Après tout, ça n'était peut-être même pas elle », ou encore « Il ne faut pas croire tout ce qu'on dit ».

Il y avait toujours une fille, plus terre à terre ou franchement plus méchante que les autres, pour déclarer : « Bien sûr que c'était Claire !

Ruth l'a dit, Franck aussi, et ils sont certainement à même de la reconnaître quand ils la voient, tout comme nous. » Puis quelqu'un renchérissait : « Oui, tu peux être sûre que c'était bien Claire. » Alors tous en convenaient – il ne pouvait pas y avoir eu d'erreur et un tel contexte ne pouvait avoir qu'une signification. Un travail, mon œil ! On n'emmenait pas ses domestiques dîner au Shelby. Certainement pas en tenue de soirée. Suivaient des regrets insincères puis l'une d'elles lançait : « Pauvre fille, je suppose que c'est tout à fait vrai, mais comment s'attendre à autre chose ? Regardez son père. Et sa mère aurait décampé, paraît-il, si elle n'était pas morte. Du reste, Claire a toujours... su s'y prendre avec elle. »

Exactement ça ! Les mots revenaient à Irène, assise devant Claire Kendry sur la terrasse du Drayton. Eh bien, reconnaissait-elle, à en juger par son aspect et son allure, Claire avait certainement su s'y prendre pour obtenir une bonne partie de ce qu'elle voulait.

C'était une grande et très agréable surprise de la revoir après tout ce temps, douze ans au moins, répéta-t-elle après qu'on les eut servies.

— Car enfin, Claire, tu es la dernière personne au monde que je me serais attendue à croiser. Je suppose que c'est la raison pour laquelle je ne t'ai pas reconnue.

— Oui, répondit Claire d'un air sérieux. Ça fait douze ans. Mais moi je ne suis pas si surprise de te voir, Reine. En réalité, depuis que je suis ici, je n'ai pas cessé d'espérer te revoir, ou quelqu'un d'autre, mais toi de préférence.

J'imagine que c'est parce que j'ai souvent pensé à toi, alors que toi ! Je parie que tu n'as jamais eu une pensée pour moi.

C'était vrai, évidemment. Passées les premières spéculations et accusations, Claire lui était totalement sortie de l'esprit. Comme aux autres, d'ailleurs, si leur conversation reflétait un tant soit peu leurs pensées.

D'ailleurs, elle n'avait jamais vraiment appartenu au groupe, de même qu'elle n'avait jamais été simplement la fille du portier, mais la fille de M. Bob Kendry, qui, certes, était un portier, mais qui avait aussi, apparemment, fréquenté l'université avec certains de leurs pères. Quant à savoir comment et pourquoi il s'était retrouvé portier, d'ailleurs fort peu capable, aucun d'eux ne le savait au juste. L'un des frères d'Irène, qui avait interrogé leur père à ce sujet, s'était entendu répondre : « Cela ne te regarde pas » et conseiller de veiller à ne pas finir comme « ce pauvre Bob ».

Non, Irène n'avait pas pensé à Claire Kendry. Sa propre vie avait été trop mouvementée. Tout comme celle des autres, supposait-elle. Elle justifia cette négligence et la leur :

— Tu sais comment ça se passe. Tout le monde est si occupé. Les gens s'en vont, on les perd de vue, on en parle peut-être pendant quelque temps, on s'interroge à leur sujet ; puis on les oublie peu à peu.

— Oui, c'est normal.

Et qu'avait-on dit d'elle au début, durant ce court laps de temps qui précède l'oubli total ?

Irène détourna le regard. Elle sentit une rougeur révélatrice lui monter aux joues.

— Comment me rappellerais-je de tels détails à douze ans de distance, après tant de mariages, de naissances, de morts et après la guerre ?

Le rire de trilles cristallins, si typique, de Claire Kendry jaillit, léger et clair, l'essence même de la moquerie.

— Oh Reine ! s'écria-t-elle, bien sûr que tu t'en souviens ! Mais je ne t'obligerai pas à me le dire parce que je sais exactement quelles méchantes choses ont été dites, tout comme si j'avais été là. Oh, je sais, je sais. Franck Danton m'a aperçue au Shelby un soir. Ne me dis pas qu'il n'a pas répandu la nouvelle, et en l'enjolivant. D'autres ont pu m'apercevoir à d'autres moments. Je l'ignore. Un jour, j'ai rencontré Margaret Hammer, au grand magasin Marshall Field. Je lui aurais parlé, j'étais sur le point de le faire, quand elle m'a snobée. Ma chère Reine, je te prie de croire que sa façon de me regarder de part en part m'a fait me demander si j'étais bien là, en chair et en os. Je m'en souviens clairement, trop clairement. C'est cet épisode qui, en un sens, m'a finalement persuadée de ne pas aller te voir une dernière fois avant de partir pour de bon. D'une manière ou d'une autre, quelle qu'ait toujours été la bonté de chacun de vous, de toute ta famille à l'égard de la pauvre orpheline que j'étais, j'avais le sentiment que je ne pourrais pas le supporter. Je veux dire, si l'un de vous, ta mère ou les garçons ou... Oh, disons que je préférais ne pas savoir si vous le feriez. Donc je suis restée au large. Je suppose que c'était stupide. Il m'est arrivé de regretter de n'être pas venue.

Étaient-ce des larmes qui rendaient ses yeux si lumineux ?

— Et maintenant, Reine, je veux tout savoir de toi, de vous tous et de tout le reste. Tu es mariée, j'imagine ?

Irène hocha la tête.

— Oui, fit Claire d'un air entendu. Forcément. Raconte-moi.

Et, durant une bonne heure, elles étaient restées à fumer, à boire du thé, à combler un vide de douze années en parlant. C'est du moins ce que fit Irène. Elle parla à Claire de son mariage, de son installation à New York, de son mari, de ses deux fils qui pour la première fois étaient séparés de leurs parents dans un camp de vacances, de la mort de sa mère, des mariages de ses deux frères. Elle parla des mariages, des naissances et des morts dans d'autres familles jadis connues de Claire, lui ouvrant de nouvelles perspectives sur les vies de vieux amis.

Claire buvait ses paroles, ces faits qu'elle avait voulu savoir depuis si longtemps sans pouvoir les apprendre. Elle restait immobile, ses lèvres brillantes légèrement entrouvertes, le visage illuminé par ses yeux rayonnants de bonheur. De temps en temps, elle posait une question, mais restait silencieuse le plus souvent.

Quelque part, dehors, une cloche sonna. Rappelée à l'instant présent, Irène jeta un coup d'œil à sa montre et s'exclama :

— Oh, je dois filer, Claire !

Un moment passa : le malaise l'envahissait. Elle s'était soudain rendu compte qu'elle n'avait rien demandé à Claire sur sa vie et qu'elle ne souhaitait pas le faire, à l'évidence. Elle avait bien conscience de ce qui motivait cette réticence. Elle s'interrogeait : ne serait-ce pas l'attitude la plus gentille, réflexion faite, que de ne pas la questionner ? Si la situation de Claire était ce qu'elle – et toutes les autres – avait subodoré, le tact n'imposait-il pas de paraître oublier de s'interroger sur la manière dont elle avait passé ces douze années ?

Si ? C'était ce « si » qui l'ennuyait. Il se pouvait, il se pouvait tout à fait, en dépit des commérages et même des apparences du contraire, qu'il n'y ait rien, qu'il n'y ait jamais rien eu qui ne puisse s'expliquer simplement et en toute innocence. Les apparences, elle le savait à présent, avaient parfois une curieuse tendance à ne pas correspondre aux faits et si Claire n'avait pas... Bref, s'ils s'étaient tous trompés, elle devait absolument témoigner de l'intérêt pour ce qui lui était arrivé. Il semblerait bizarre et grossier de ne pas le faire. Mais comment s'en assurer ? Il n'y avait aucun moyen, conclut-elle enfin ; elle répéta donc simplement :

— Je dois filer, Claire.

— J'en t'en prie, pas si tôt, Reine, l'implora Claire sans bouger.

Elle est vraiment presque trop belle. Rien d'étonnant à ce qu'elle...

— Et maintenant que nous nous sommes retrouvées, Reine chérie, j'entends te voir sans arrêt. Nous sommes ici au moins pour un mois. Jack – mon mari – est ici pour affaires. Le pauvre chéri ! par cette chaleur ! N'est-ce pas atroce ? Viens dîner chez nous ce soir, veux-tu ?

Ce disant, elle lui lança un curieux petit regard de côté et un sourire sournois, ironique, germa sur ses lèvres rouges et charnues, comme si elle avait lu dans ses pensées et qu'elle se moquait d'elle.

Irène eut conscience qu'elle inspirait profondément, mais n'aurait pu dire si c'était de soulagement ou de déception. Elle dit précipitamment :

— J'ai bien peur de ne pas pouvoir, Claire. Je suis prise. Un dîner et un bridge. Je suis vraiment navrée.

— Viens demain, alors, pour le thé, insista Claire. Tu pourras voir Margery – elle vient d'avoir dix ans – et Jack aussi, peut-être, s'il n'a pas de rendez-vous.

Irène eut un petit rire embarrassé. Elle avait un rendez-vous le lendemain aussi et craignait que Claire ne la croie pas. Soudain, cette éventualité la troubla. C'est donc à moitié contrariée par le sentiment de culpabilité injustifié qui l'envahissait qu'elle expliqua que ce serait impossible parce qu'elle était déjà prise pour le déjeuner, pour le thé et pour le dîner.

— Et le lendemain c'est vendredi où je pars pour le week-end, à Idlewild, tu sais. C'est très à la mode, ces temps-ci.

Elle eut alors une inspiration.

— Claire ! Pourquoi ne viens-tu pas avec moi ? La maison est probablement bondée – la femme de Jim a le chic pour entasser des masses de gens impossibles – mais nous pourrons toujours trouver de la place pour une personne de plus. Et tu verras absolument tout le monde.

À l'instant même où elle l'invitait, elle le regretta. Quelle impulsion stupide, imbécile ! Elle gémit intérieurement en songeant aux explications interminables qui en découleraient, à la curiosité, aux réflexions, haussements de sourcils. Ce n'était pas, se rassura-t-elle, qu'elle fût snob, qu'elle se souciât grandement des restrictions et des nuances mesquines dont s'entourait cette bonne société qui se baptisait nègre ; mais elle éprouvait une aversion naturelle et profonde pour le genre de notoriété de mauvais aloi à laquelle l'exposerait la présence d'une invitée comme Claire Kendry à Idlewild. Et voilà que contre toute raison, perversement, elle l'invitait !

Mais Claire secoua la tête :

— J'en serais vraiment ravie, Reine, dit-elle d'un ton un peu mélancolique. Rien ne me ferait plus plaisir. Mais je ne peux pas. Je ne dois pas, tu comprends. Ça n'irait pas du tout. Je suis sûre que tu comprends. J'en meurs d'envie, mais je ne peux pas.

Les yeux sombres scintillaient et il y avait comme un tremblement dans sa voix rauque.

— Et crois-moi, Reine, je te remercie beaucoup de m'avoir invitée. Ne t'imagine pas que j'aie entièrement oublié ce que cela signifierait pour toi si je venais. Dans la mesure où tu te soucies encore de ces choses.

Tout soupçon de larmes avait quitté ses yeux et sa voix, et Irène Redfield eut le sentiment blessant, en scrutant son visage, que le masque d'ivoire ne dissimulait plus qu'un mépris amusé. Ses yeux allèrent se perdre sur le mur situé très loin derrière Claire. Eh bien, elle méritait ce mépris car, comme elle se l'avoua, elle *était* soulagée, en effet. Et pour la raison précise à laquelle son ancienne camarade avait fait allusion. Mais que Claire eût deviné son malaise n'atténuait aucunement ce soulagement. Elle était agacée – ce qui pouvait passer pour de l'insincérité avait été découvert –, mais c'était tout.

Le serveur revint avec la monnaie de Claire. Irène se rappela qu'elle devait partir sur-le-champ. Mais elle ne bougeait pas.

La vérité, c'est qu'elle était pleine de curiosité. Elle voulait demander certaines choses à Claire Kendry. Elle voulait s'enquérir de ce jeu dangereux du « passage », cette rupture avec tout ce qui vous était familier et amical pour courir sa chance dans un autre cadre, pas tout à fait inconnu, peut-être, mais certainement pas tout à fait amical. Que faisait-on, par exemple, de ses origines et de son milieu, comment se présentait-on ? Et que ressentait-on quand on côtoyait d'autres nègres ? Mais elle ne pouvait pas. Elle ne pouvait envisager une seule question qui ne serait, dans son contexte ou sa formulation, trop ouvertement curieuse sinon impertinente.

Comme si elle avait conscience de son désir et de son hésitation, Claire remarqua d'un air songeur :

— Tu sais, Reine, je me suis souvent demandé pourquoi davantage de filles de couleur, des filles comme toi, Margaret Hammer et Esther Dawson et – oh ! des quantités d'autres – n'étaient jamais « passées » de l'autre côté. C'est quelque chose de si terriblement facile. Si on a le type, il n'y faut qu'un peu de cran.

— Et le milieu ? La famille, je veux dire. On ne peut tout de même pas tomber sur les gens en venant de n'importe où et s'attendre à ce qu'ils vous accueillent à bras ouverts, non ?

— Presque, affirma Claire. Tu serais étonnée, Reine, de savoir combien c'est plus facile avec les Blancs qu'avec nous. Peut-être parce qu'ils sont tellement plus nombreux, ou qu'ils sont si sûrs d'eux qu'ils n'ont pas à s'inquiéter. Je n'ai jamais pu décider.

Irène avait du mal à la croire :

— Tu veux dire que tu n'as pas eu à expliquer d'où tu venais ? Ça paraît impossible.

Claire lui lança un coup d'œil discrètement amusé de l'autre côté de la table.

— C'est pourtant bien ce qui s'est passé. Même si je suppose que dans toute autre circonstance, j'aurais pu avoir à fournir quelque récit plausible pour me justifier. J'ai une bonne imagination, donc je suis certaine que j'aurais pu le faire de façon à me mettre en valeur et de manière crédible. Mais cela n'a pas été nécessaire. Il y avait mes tantes, tu sais, assez respectables et authentiques pour n'importe quoi ou n'importe qui.

— Je vois. Elles étaient « passées » elles aussi.

— Non, pas du tout. Elles étaient blanches.

— Oh !

Aussitôt, Irène se rappela qu'elle avait entendu mentionner ce fait ; par son père ou, plus probablement, par sa mère. C'était les tantes de Bob Kendry. Il était le fils de leur frère, par la main gauche. Le fruit d'une incartade.

— C'était de sympathiques vieilles dames, expliqua leur petite-nièce. Très religieuses et pauvres comme des rats d'église. Leur frère adoré, mon grand-père, avait dévoré jusqu'à leur dernier sou après avoir mangé sa part.

Elle marqua une pause pour allumer une nouvelle cigarette. Son sourire, son expression, étaient empreints d'une vague rancune, remarqua Irène.

— En bonnes chrétiennes, poursuivit-elle, quand papa a connu sa fin d'ivrogne, elles ont fait leur devoir et m'ont donné une sorte de foyer. J'étais, il est vrai, censée gagner mon gîte et mon couvert en faisant toutes les tâches ménagères et l'essentiel des lessives. Mais te rends-tu compte, Reine, que sans elles je n'aurais pas eu d'endroit au monde où vivre ?

Le hochement de tête et le petit murmure d'Irène étaient compréhensifs, compatissants.

Claire fit une grimace malicieuse et reprit :

— D'ailleurs, selon elles, travailler dur était bon pour moi. J'avais du sang nègre et leur génération était celle qui avait écrit et lu de longs articles intitulés « Les Noirs vont-ils travailler ? ». En plus, elles n'étaient pas sûres que le bon Dieu n'avait pas voulu que les fils et les filles de Cham transpirent parce qu'ils s'étaient moqués du vieux Noé un jour où il avait bu un coup de trop. Je me rappelle que mes tantes me disaient que ce vieil ivrogne avait maudit Cham et ses fils à jamais.

Irène se mit à rire, mais Claire restait très sérieuse.

— Ça n'était pas une plaisanterie, je t'assure, Reine. C'était une vie dure pour une fille de seize ans. Malgré tout, j'avais un toit sur la tête, à manger, des habits - même s'ils étaient ce qu'ils étaient. Et il y avait les Saintes Écritures, des causeries sur la morale, sur l'économie, sur l'assiduïté et la bonté aimante du bon Dieu.

— As-tu jamais réfléchi, Claire, à la quantité de malheur et de cruauté pure attribuée à la bonté aimante de Dieu ? Et ce toujours par Ses plus ardents disciples, semble-t-il.

— Crois-tu ? C'est elle et eux qui ont fait de moi ce que je suis aujourd'hui. Car j'étais bien entendu décidée à m'en sortir, à devenir une personne, pas la destinataire des aumônes, pas un problème ni même une fille de l'indiscret Cham. Et puis je voulais certaines choses. Je savais que je n'étais pas moche et que je pouvais « passer ». Tu n'as pas idée, Reine, combien je vous haïssais presque tous quand je me rendais dans le quartier sud. Vous aviez tout ce que je voulais et n'avais jamais eu. Cela me rendait d'autant plus déterminée à obtenir ces choses, et d'autres avec. Comprends-tu, peux-tu comprendre ce que je ressentais ?

Elle leva la tête d'un air significatif et implorant ; elle sembla se satisfaire de l'expression compatissante d'Irène et poursuivit.

— Mes tantes étaient bizarres. Malgré leurs bibles, leurs prières, leurs déclamations sur l'honnêteté, elles ne voulaient dire à personne que leur frère chéri avait séduit – déshonoré, comme elles disaient – une jeune négresse. Elles pouvaient excuser le déshonneur, mais ne pardonnaient pas notre « tache noire ». Elles m'interdirent de mentionner les nègres aux voisins, et même d'évoquer les quartiers sud. Je te garantis que je ne l'ai pas fait. Je parierais qu'elles l'ont regretté plus tard.

Elle se mit à rire – les clochettes tintinnabulantes de ce rire avaient quelque chose de dur et de métallique.

— Quand l'occasion de partir s'est présentée, cette omission m'a été très précieuse. Quand Jack, camarade d'école de certains de nos voisins, est rentré cousu d'or d'Amérique du Sud, personne n'est venu lui dire que j'avais du sang noir tandis que quantités de gens lui parlaient de la sévérité et de la piété des tantes Grace et Edna. Tu devines la suite. Après son arrivée, j'ai cessé de filer dans les quartiers sud pour aller le retrouver. Je ne pouvais concilier les deux. Pour finir, je n'ai pas eu de mal à le convaincre qu'il était inutile de parler mariage avec les tantes. Le jour de mes dix-huit ans, nous sommes partis nous marier. Voilà, c'est tout. Rien de plus simple.

— Oui, je vois bien que pour toi, ce fut assez simple. D'ailleurs, j'y songe ! Je me demande pourquoi elles n'ont pas informé papa que tu étais mariée. Il était allé les trouver pour avoir de tes nouvelles quand tu as cessé de venir nous voir. Je suis certaine qu'elles ne lui ont rien dit. Pas que tu étais mariée.

Les yeux de Claire Kendry brillaient de larmes qui ne tombaient pas.

— Oh, comme c'est gentil ! S'être assez inquiété de moi pour faire ça ! Quel homme adorable ! Eh bien, elles ne pouvaient pas le lui dire parce qu'elles l'ignoraient. J'y avais veillé : comment être certaine que leurs consciences ne les travailleraient pas suffisamment pour qu'elles crachent le morceau ? Les chères vieilles pensaient probablement que je vivais dans le péché, où que je me trouve. Et c'est ce à quoi elles s'attendaient sans doute.

Un sourire amusé éclaira son beau visage une fraction de seconde. Après un court silence, elle reprit avec sobriété :

— Mais je suis désolée qu'elles aient dit une chose pareille à ton père. C'est une chose que je n'avais pas envisagée.

— Je ne suis pas certaine qu'elles l'aient fait, reprit Irène. En tout cas, il ne l'a pas dit.

— C'est le genre de chose qu'il n'aurait jamais répétée, Reine chérie, pas ton père.

— Merci, j'en suis sûre, en effet.

— Mais tu n'as toujours pas répondu à ma question. Dis-moi, honnêtement, n'as-tu jamais envisagé de « passer » ?

Irène répondit sur-le-champ :

— Non. Pourquoi le voudrais-je ?

Son ton et son attitude exprimaient un tel dédain que Claire rougit, que ses yeux étincelèrent. Irène se hâta d'ajouter :

— Tu vois, Claire, j'ai tout ce qu'il me faut. Sauf, peut-être, un peu plus d'argent.

Aussitôt, Claire se mit à rire et l'étincelle de colère s'évanouit aussi vite qu'elle était apparue.

— Bien sûr, c'est ce que tout le monde veut, juste un peu plus d'argent, même ceux qui en ont. Et je dois dire que je ne les en blâme pas. C'est merveilleux d'avoir de l'argent. En fait, Reine, je pense qu'il vaut même son prix, tout bien considéré !

Irène ne put que hausser les épaules. Si sa raison en convenait en partie, son instinct se rebellait entièrement à cette pensée. Elle ne pouvait expliquer pourquoi. Bien qu'elle sût que si elle ne se dépêchait pas, elle serait en retard pour le dîner, elle s'attardait. Tout se passait comme si la femme qui lui faisait face, une fille qu'elle avait connue, qui avait réussi à faire cette chose assez dangereuse et même odieuse aux yeux d'Irène Redfield, et qui s'en déclarait satisfaite, exerçait sur elle une étrange et incontestable fascination.

Claire Kendry était toujours assise au fond du fauteuil, la courbe de ses épaules calée contre le dossier sculpté. Elle exhalait une assurance indifférente, comme préparée et désirée. Il émanait d'elle cette vague impression d'insolente politesse dont certaines femmes naissent parées, que d'autres acquièrent avec la richesse ou le statut.

Claire ne l'avait pas gagnée en se faisant passer pour blanche, elle l'avait toujours eue et Irène en éprouvait une pointe de satisfaction.

De même qu'elle avait toujours eu ces cheveux d'or pâle qui, ignorant encore les ciseaux, étaient lâchement ramenés sur un large front, en partie caché par un petit chapeau étroit. Ses lèvres, sous leur rouge géranium vif, étaient douces, sensibles, un peu têtues. Une bouche appétissante. Le visage, au-delà du front et des joues, était un rien trop large, mais la peau d'ivoire recelait un lustre d'une particulière douceur. Et quels yeux magnifiques ! sombres, parfois d'un noir profond, toujours lumineux, sertis de longs cils noirs. Des yeux frappants, lents et hypnotiques, irradiant, en dépit de leur chaleur, quelque chose de retiré et de secret.

Ah ! c'était évidemment des yeux de négresse ! mystérieux et dissimulateurs. Placés dans ce visage ivoire, sous cette chevelure brillante, ils avaient quelque chose d'exotique.

Oui, la beauté de Claire Kendry était absolue, sans pareille, grâce aux yeux que sa grand-mère, puis sa mère et son père lui avaient légués.

Ils s'éclairèrent d'un sourire et donnèrent à Irène le sentiment d'être chérie et caressée. Elle sourit en retour.

— Peut-être, suggéra Claire, pourrais-tu venir lundi si tu es rentrée. Sinon, mardi.

Avec un petit soupir de regret, Irène informa Claire qu'elle redoutait de ne pas être rentrée lundi, qu'elle était certaine d'avoir mille choses à faire mardi et qu'elle partait le mercredi. Mais elle pourrait peut-être décommander quelque chose mardi.

— Oh essaie, je t'en prie. Remets un rendez-vous. Les autres peuvent te voir quand ils veulent, alors que moi... Eh bien, je pourrais ne jamais te revoir ! Penses-y, Reine ! Tu devras venir. Tout simplement ! Sinon je ne te le pardonnerai jamais.

En cet instant, il lui paraissait abominable d'envisager de ne plus jamais revoir Claire Kendry. Sous cette imploration, les caresses de son regard, Irène désirait, espérait que cette séparation ne serait que temporaire.

— Je vais essayer, Claire, promit-elle doucement. Je t'appellerai – ou le feras-tu ?

— Je crois qu'il vaut mieux que je t'appelle, sans doute. Ton père est dans l'annuaire, je le sais, et l'adresse n'a pas changé. 64 18. C'est ce qui s'appelle de la mémoire, hein ? Maintenant, rappelle-toi, je compte sur toi. Il faut que tu te libères.

À nouveau ce sourire particulièrement fondant.

— Je ferai de mon mieux, Claire.

Irène rassembla ses gants et son sac. Elles se levèrent. Elle tendit la main. Claire la prit et la tint serrée.

— Ce fut un plaisir de te revoir, Claire. Mon père sera si heureux et content d'avoir de tes nouvelles !

— À mardi, donc, répondit son amie. Entretemps, je vais passer chaque minute à attendre ce moment. Au revoir, Reine chérie. Mes amitiés à ton père – donne-lui ce baiser.

◊

Le soleil n'était plus au zénith, mais les rues demeuraient d'impitoyables fournaises. La brise languide restait brûlante. Les gens qui se hâtaient paraissaient encore plus exsangues qu'avant, lorsqu'Irène avait fui leur contact.

En traversant l'avenue dans la chaleur, loin de la fraîcheur du toit du Drayton et du séduisant sourire de Claire Kendry, elle eut conscience de s'en vouloir d'avoir été contente et un peu flattée de la joie évidente que leurs retrouvailles avaient procurée à son ancienne amie.

À mesure qu'elle se rapprochait de chez elle, toute transpirante, cette irritation grandissait ; elle commença à se demander ce qui lui avait pris de promettre de trouver le temps, dans les journées bondées qui lui restaient pour ce séjour, de passer un nouvel après-midi avec une femme dont la vie avait aussi radicalement et volontairement divergé de la sienne ; et qu'elle pourrait ne jamais revoir, comme elles l'avaient remarqué.

Pourquoi fichtre avoir fait cette promesse ?

En gravissant les marches du perron de la maison familiale, elle songeait à l'intérêt et à la stupéfaction avec lesquels son père écouterait son récit de la rencontre mais elle s'aperçut tout à coup que Claire avait omis de mentionner son nom d'épouse. Elle avait cité le prénom de son mari, Jack. C'était tout. L'avait-elle fait exprès ?

Claire n'avait qu'à prendre le combiné du téléphone pour lui parler, ou elle pouvait lui déposer une carte, ou encore sauter dans un taxi. Mais elle ne pouvait, elle, joindre Claire de quelque façon que ce soit. Toute personne à laquelle elle aurait parlé de leur rencontre ne le pouvait pas davantage.

— Comme si j'allais le faire !

Sa clef tourna dans le verrou. Elle entra. Son père, apparemment, n'était pas encore de retour.

Elle décida de ne rien lui dire concernant Claire Kendry, après tout. Elle n'avait aucune envie de parler de quelqu'un qui nourrissait une aussi mauvaise opinion de sa loyauté, ou de sa discrétion. Et elle n'avait absolument aucun désir ni intention de faire le moindre effort pour mardi. Ni du reste pour aucun autre jour.

Elle en avait fini avec Claire Kendry.

III

Le mardi matin, un dôme de ciel gris se leva sur la ville desséchée, sans que l'air étouffant fût rafraîchi par une brume argentée qui paraissait grosse d'une pluie qui ne tombait pas.

Aux yeux d'Irène Redfield, cette douce brume prémonitoire était une raison supplémentaire pour ne pas chercher à voir Claire Kendry dans l'après-midi.

Mais elle la vit.

Le téléphone. Il avait sonné des heures durant, comme possédé. On entendait sa sonnerie insistante depuis neuf heures du matin. Pendant un certain temps, Irène se montra décidée, disant fermement à chaque fois :

— Je ne suis pas là, Liza, prenez le message.

À chaque fois, la domestique revenait avec l'information suivante :

— C'est la même dame, madame ; elle dit qu'elle rappellera.

Mais à midi, ses nerfs lâchèrent et, tourmentée par l'air réprobateur du visage d'ébène de Liza qui se retirait pour transmettre un nouveau mensonge, elle faiblit.

— Oh, peu importe. Je vais répondre cette fois, Liza.

— C'est encore elle.

— Allo... Oui.

— C'est Claire, Reine... Mais *où* étais-tu passée ?... Peux-tu venir vers quatre heures ?... Quoi ?... Mais Reine, tu avais promis ! Juste quelques instants... Tu peux si tu le veux... Je suis *tellement* déçue. J'avais tellement compté te voir... Je t'en prie, sois gentille, viens. Rien qu'une minute. Je suis certaine que tu peux te débrouiller... Je ne te supplierai pas de rester... Oui... Je t'attendrai... C'est au Morgan... Oh oui ! Mon nom est Bellew, Mme John Bellew... Vers quatre heures, alors... Je serai si heureuse de te voir !... Au revoir.

— Merde !

Elle raccrocha violemment, et s'en voulut aussitôt. Voilà que ça recommençait. Avoir permis à Claire Kendry de l'obliger à promettre de faire quelque chose dont elle n'avait ni le temps ni vraiment l'envie. Qu'avait donc cette voix de si envoûtant, de si séduisant ?

Claire vint à sa rencontre dans l'entrée et l'embrassa.

— C'est gentil de venir, Reine. Mais il est vrai que tu as toujours été bonne pour moi.

Et, sous ce puissant sourire, une partie de la contrariété d'Irène s'envola. Elle était même un peu heureuse d'être venue.

Son hôtesse la précédait, d'un pas léger, vers une pièce dont la porte était entrebâillée.

— Voilà la surprise, lui dit-elle. Une vraie réception. Regarde.

Irène entra dans un salon, vaste et haut de plafond ; encadrant les fenêtres, des rideaux bleu roi détournaient fastueusement l'attention du lugubre mobilier couleur chocolat. Claire portait une robe flottante de la même nuance de bleu, qui lui convenait à la perfection, à elle comme à cette pièce assez disgracieuse.

Durant un instant, Irène crut que la pièce était vide, mais en tournant la tête elle découvrit, enfoncée dans les coussins d'un immense sofa, une femme qui la fixait avec une telle concentration que ses paupières en étaient retroussées – comme si l'effort les avait paralysées. Irène la prit d'abord pour une inconnue, mais une seconde plus tard, elle déclarait d'un ton froid, presque dur :

— Gertrude, comment vas-tu ?

La femme hocha la tête et s'obligea à sourire dans une moue.

— Je vais bien. Et toi, tu es exactement la même, Irène. Tout à fait inchangée.

— Merci, répondit Irène en choisissant un siège et en pensant « Bonté divine ! En voilà deux ! ».

Car Gertrude aussi avait épousé un Blanc, bien qu'on ne puisse dire sincèrement qu'elle cherchât à « passer ». Son mari – comment s'appelait-il ? – avait fréquenté la même école qu'elle et savait très bien, comme sa famille et la plupart de ses amis, que c'était une négresse. Cela n'avait pas eu l'air de le déranger à l'époque, Irène le savait. Avait-il changé d'avis, à présent ? Fred – c'était ça, Fred Martin –

avait-il jamais regretté son mariage à cause de la race de Gertrude ? Et Gertrude ?

Se tournant vers Gertrude, Irène demanda :

— Et comment va Fred ? Cela fait des siècles que je ne l'ai vu.

— Oh, il va bien, répondit brièvement Gertrude.

Durant une bonne minute, personne ne parla. Finalement, la voix agréable, mondaine, de Claire jaillit du petit silence oppressant :

— Eh bien, nous allons tout de suite prendre le thé. Je sais que tu ne peux pas t'attarder, Reine. Et je suis navrée que tu ne voies pas Margery. Nous avons remonté le lac durant le week-end pour rendre visite à des parents de Jack, juste à l'orée du Milwaukee. Margery a voulu rester avec les autres enfants. Il aurait été dommage de le lui interdire, surtout quand il fait si chaud en ville. Mais j'attends le retour de Jack d'une minute à l'autre.

— C'est gentil, dit brièvement Irène.

Gertrude restait muette. Il était clair qu'elle n'était pas à son aise. Et sa présence ici contrariait Irène, la mettait sur la défensive, suscitait chez elle un ressentiment qu'elle ne savait pas expliquer sur le moment. Mais elle s'étonnait que la femme qu'était devenue Claire puisse avoir invité une Gertrude. Évidemment, Claire ne pouvait savoir. Douze ans qu'elles ne s'étaient pas vues.

Quand elle se pencha plus tard sur cette contrariété, Irène dut reconnaître, un peu à contrecœur, qu'elle résultait du sentiment d'avoir été dominée en nombre, d'un sentiment de solitude dans sa fidélité à sa classe et à son espèce ; et cela ne concernait pas seulement le grand enjeu du mariage, mais tout son mode de vie aussi.

Claire reprit la parole, longuement, cette fois. Elle s'étendit sur le changement qu'elle observait à Chicago après son long séjour dans les villes européennes. Oui, dit-elle en réponse à une question de Gertrude, elle était revenue aux États-Unis une ou deux fois, mais rien qu'à New York et Philadelphie ; une fois, elle avait passé quelques jours à Washington. John Bellew, qui semblait être une sorte de courtier international, ne souhaitait pas particulièrement qu'elle l'accompagne, mais dès qu'elle avait appris qu'il irait jusqu'à Chicago, elle avait décidé de venir.

— Il fallait que je vienne. Une fois arrivée, j'étais déterminée à voir quelqu'un que je connaissais autrefois pour découvrir ce qu'il était advenu de chacun. Je ne savais pas trop comment m'y prendre, mais j'en avais l'intention. D'une façon ou d'une autre. J'avais pratiquement résolu de tenter ma chance en me rendant chez toi, Reine, ou de téléphoner pour prévoir un rendez-vous quand je suis tombée sur toi. Quelle chance !

Irène en convint.

— C'est la première fois que je séjourne chez mon père depuis cinq ans et je suis sur le point de repartir. Une semaine plus tard et nous aurions disparu. Et comment diable as-tu retrouvé Gertrude ?

— Dans l'annuaire. Je me souvenais de Fred. Son père possède toujours la halle aux viandes.

— Ah oui, répondit Irène dont la mémoire revenait en même temps. À Cottage Grove, près…

— Non, il a déménagé, intervint Gertrude. Nous sommes à Maryland Avenue – ex-Jackson – à présent. Près de la 63e Rue. Et le marché appartient à Fred. Il porte le même prénom que son père.

Gertrude, songea Irène, ressemblait bien à une femme de boucher. Il ne restait aucune trace de sa joliesse d'adolescente, tellement admirée au lycée. Elle s'était étoffée jusqu'à devenir presque grosse, et, bien que son grand visage blanc fût sans rides, sa finesse même la vieillissait prématurément. Sa chevelure noire, coupée, avait perdu toutes ses boucles frisées si vivantes, à la suite de quelque opération malheureuse. Sa robe de crêpe Georgette tarabiscotée était trop courte et révélait une effrayante quantité de chair, des jambes robustes dans des bas sordides d'une teinte rose-beige criarde. Ses mains replètes étaient trop récemment et pas très habilement manucurées – pour la circonstance, sans doute. Et elle ne fumait pas.

— Avant que tu n'arrives, déclara Claire (et Irène crut déceler une certaine tension dans le grain rauque de sa voix), Gertrude me parlait de ses deux garçons. Des jumeaux. Tu imagines ! N'est-ce pas trop beau pour être vrai ?

Irène sentit la chaleur envahir ses joues. Étrange, la manière dont Claire pouvait lire dans les pensées. Un peu désarçonnée, elle n'en déclara pas moins avec beaucoup de nonchalance :

— C'est merveilleux. J'ai moi aussi deux garçons, Gertrude. Mais pas des jumeaux. On dirait que Claire est plutôt en retard, non ?

Mais Gertrude n'était pas certaine que Claire n'eût pas la meilleure part.

— Elle a une fille. Je voulais une fille. Fred aussi.

— N'est-ce pas un peu inhabituel ? demanda Irène. La plupart des hommes veulent des fils. Par égoïsme, je suppose.

— Eh bien pas Fred.

On avait déposé le service à thé sur une table basse à côté de Claire. Elle prit l'aiguière de verre et versa le liquide d'une chaude couleur ambrée dans de somptueux et minces gobelets qu'elle tendit à ses invitées avant de leur proposer du citron ou du lait et de minuscules sandwiches ou gâteaux.

Munie de son propre verre, elle reprit :

— Non, je n'ai pas de garçons et ne crois pas en avoir un jour. J'en ai bien peur. J'ai failli mourir de peur durant les neuf mois où j'attendais Margery à l'idée qu'elle ne soit foncée. Dieu merci, elle est sortie comme il fallait. Mais je ne reprendrai plus ce risque. Jamais ! La tension est vraiment trop... infernale.

Gertrude Martin hocha la tête, l'approuvant entièrement.

Ce fut Irène qui resta muette, cette fois.

— Inutile de me le dire ! reprit Gertrude avec vigueur. Je sais parfaitement ce que c'est. Tu crois peut-être que je ne mourais pas de peur moi aussi. Fred et sa mère prétendaient que j'étais idiote. Mais ils pensaient bien sûr que c'était une idée que je m'étais fourrée dans la tête et ils l'attribuaient à mon état. Ils ne savent pas comme nous que ça peut revenir en arrière et qu'un bébé peut sortir foncé quelle que soit la couleur des parents.

Son front était trempé de sueur. Ses yeux étroits roulèrent d'abord dans la direction de Claire, puis dans celle d'Irène. Elle agitait ses grosses mains tout en parlant.

— Non, poursuivit-elle, plus rien, pour moi non plus. Pas même une fille. C'est affreux, la manière dont ça saute les générations avant de resurgir. Enfin, mon homme est même allé jusqu'à dire que peu lui importait la couleur du bébé pourvu que je cesse de m'inquiéter à son sujet. Mais il est clair que personne ne veut d'un enfant noir.

Elle parlait avec feu et tenait pour acquis que son auditoire était tout à fait d'accord avec elle.

Irène, dont la tête avait légèrement sursauté, déclara d'une voix dont le ton posé l'emplit de fierté :

— L'un de mes fils est foncé.

Gertrude bondit comme si on lui avait tiré dessus. Ses yeux s'écarquillèrent. Elle ouvrit grand la bouche. Elle essaya de parler : aucun son ne sortait de sa gorge. Elle parvint enfin à bégayer :

— Oh ! et ton mari, est-il, heu, heu, est-il foncé aussi ?

Irène, bien qu'elle se débattît dans un flot de ressentiment, colère et mépris mêlés, restait capable de répondre aussi froidement que si elle n'avait pas eu le sentiment d'être absolument étrangère à la méprisable compagnie où elle se trouvait, à boire du thé glacé dans de hauts gobelets ambrés par ce chaud après-midi d'août. Son mari, les informa-t-elle tranquillement, ne pouvait pas vraiment « passer ».

Sur ces mots, Claire lui adressa son sourire séduisant et caressant et dit, un peu moqueuse :

— Je crois que les gens de couleur – nous autres – sont trop bêtes à certains égards. Après tout, la chose n'est pas importante pour Irène ni pour des centaines d'autres. Pas vraiment, pas même pour toi, Gertrude. Seuls les déserteurs comme moi doivent redouter les mauvais tours de la nature. Comme aimait à le dire mon incomparable père, « tout se paie un jour ». Mais maintenant, que l'une de vous veuille bien me dire ce qu'il est advenu de Claude Jones. Vous savez, ce grand personnage squelettique, affublé d'une ridicule petite moustache qui faisait tellement rire les filles. Comme un mince filet de suie. Je parle de la moustache.

Aussitôt, Gertrude se mit à hurler de rire. « Claude Jones ! » et elle se mit à raconter qu'il n'était plus nègre, ni chrétien, mais qu'il était devenu juif.

— Juif ! s'exclama leur hôtesse.

— Oui, juif. Il se baptise « juif noir ». Il refuse de manger du jambon et va à la synagogue le samedi. Il porte maintenant la barbe en plus de la moustache. Tu mourrais de rire si tu le voyais. Il est vraiment inénarrable. Fred le juge fou et je crois bien qu'il l'est. Oh ! il est impayable, absolument impayable !

Et elle s'esclaffa de nouveau.

Le tintement du rire de Claire s'évanouit.

— C'est très drôle, il n'y a pas de doute. Mais c'est son affaire. S'il se sent mieux en se faisant...

Ici, Irène, qui s'accrochait toujours à son sentiment de bon droit mêlé d'une indifférence douloureuse, intervint, mordante :

— L'idée ne te vient évidemment pas, à toi comme à Gertrude, qu'il pourrait s'être converti sincèrement. Car enfin, tout le monde n'agit pas tout le temps par intérêt.

Claire Kendry n'avait nul besoin de sonder la portée exacte de ces propos. Un peu rougissante, elle répliqua sérieusement :

— Oui, c'est une possibilité, j'en conviens – qu'il soit sincère, je veux dire. L'idée ne m'en est tout simplement pas venue, c'est tout. Je suis surprise (et le sérieux de sa voix se fit moqueur) que tu t'y sois attendue. Était-ce vraiment le cas ?

— Tu t'imagines bien, répliqua Irène, que ce n'est pas une question à laquelle je puisse répondre – ici et maintenant.

Le visage de Gertrude exprimait une complète stupéfaction. Toutefois, notant des petits sourires sur les visages des deux autres, et faute d'y lire les critiques mutuelles qu'ils exprimaient, elle se mit à sourire elle aussi.

Claire reprit la parole, en évitant soigneusement tout ce qui pouvait mener à la question raciale ou à d'autres sujets épineux. La conversation fut la représentation la plus brillante d'haltérophilie mondaine qu'eût jamais vue Irène. Les mots de Claire coulaient sur les invitées en flots charmants et savamment modulés. Ses rires tintaient et carillonnaient. Ses petites histoires étincelaient.

Irène se contentait de les ponctuer ici et là d'un simple « oui » ou « non ». Gertrude, d'un plus rare « Pas possible ! ».

Pendant un moment, l'illusion d'une conversation générale fut presque parfaite. Irène sentait son ressentiment se changer lentement en une admiration muette, quelque peu réticente.

Claire continuait à parler, sa voix, ses gestes animant tout ce qu'elle disait de la France pendant la guerre, de l'Allemagne d'après guerre, de l'effervescence générale au moment de la grève nationale en Angleterre, des défilés de mode à Paris, des années folles à Budapest.

Mais ce tour de force oratoire ne pouvait durer. Gertrude remuait sur son siège, ses doigts impatients tambourinaient. Irène, finalement ennuyée de cette redite de choses qu'elle n'avait que trop souvent lues dans les journaux, les magazines et les livres, reposa son verre et rassembla sac et mouchoir. Elle lissait ses gants fauves avant de les enfiler quand elle entendit qu'on ouvrait la porte d'entrée :

— Quelle joie ! s'exclama Claire en bondissant, l'air soulagé. Jack arrive juste au bon moment. Tu ne peux plus partir, maintenant, Reine chérie !

John Bellew entra dans la pièce. La première chose que remarqua Irène, ce fut que ce n'était pas l'homme qui avait accompagné Claire sur le toit du Drayton. Le mari de Claire était assez grand, trapu d'aspect. Elle lui donnait entre trente-cinq et quarante ans. Il avait des cheveux ondulés, châtain foncé, une bouche molle, un peu effeminée, posée sur un visage d'une teinte maladive, farineuse. Ses yeux gris acier, opaques, étaient très vifs, toujours mobiles sous leurs paupières épaisses et bleuâtres. Il ne dégageait rien de particulier, conclut-elle, sinon une impression de force physique latente.

— Salut, Nèg', dit-il à sa femme en guise de salut.

Gertrude, qui avait légèrement sursauté, se renfonça sur le sofa en jetant un coup d'œil discret à Irène qui se mordait les lèvres en regardant les époux. On avait du mal à croire que Claire Kendry elle-même tolère qu'une personne extérieure tourne sa race en ridicule, fût-ce son mari. Il savait donc que Claire était une négresse ? Sa conversation de l'autre jour avait laissé entendre à Irène qu'il l'ignorait. Mais quelle grossièreté ! Comme c'était délibérément insultant de s'adresser ainsi à elle en présence d'invités !

Dans les yeux de Claire présentant son mari, on pouvait lire un scintillement bizarre, peut-être un sarcasme. Irène n'aurait su le définir.

Une fois échangés les compliments d'usage, leur hôtesse s'enquit :

— Avez-vous entendu le surnom que m'a donné Jack ?

— Oui, répondit Gertrude, en se forçant à rire.

Irène ne disait mot. Son regard fixait bien en face le visage souriant de Claire.

Les yeux noirs se dérobèrent.

— Dis-leur, mon chéri, pourquoi tu m'appelles ainsi.

L'homme gloussa en plissant les yeux – il ne manquait pas de charme, Irène devait le reconnaître.

— Eh bien, voilà vous comprenez. Quand nous nous sommes mariés, elle était blanche comme… comme… eh bien blanche comme un lys. Mais je soutiens qu'elle devient de plus en plus noire. Je lui dis que si elle n'y prend pas garde, un de ces jours elle se réveillera pour se découvrir négresse.

Il éclata de rire. Le rire de clochettes de sa femme se joignit au sien. Gertrude, après s'être encore dandinée sur son siège, y ajouta son rire suraigu. Irène, qui était restée assise, les lèvres étroitement serrées, s'écria « Excellent ! » et libéra de grands éclats de rire. Elle riait sans pouvoir s'arrêter. Les larmes lui dévalaient les joues. Elle en avait mal aux côtes. La gorge lui brûlait. Elle riait sans pouvoir s'interrompre alors que les autres s'étaient arrêtés depuis longtemps. Jusqu'à ce que, apercevant l'expression de Claire, elle saisisse la nécessité d'apprécier plus discrètement cette blague incomparable, et d'être prudente. Elle s'arrêta sur-le-champ.

Claire tendit son thé à son mari et posa la main sur son bras avec un petit geste affectueux.

— Seigneur Dieu, Jack ! dit-elle d'un ton aussi assuré qu'amusé, quelle différence cela ferait-il si, après toutes ces années, tu découvrais que j'ai un ou deux pour cent de sang noir ?

Bellew esquissa de la main un geste de répudiation, absolu, inflexible.

— Oh non, Nèg', pas de ça avec moi. Je sais que tu n'es pas une négresse, donc tout va bien. Tu peux noircir autant que tu veux en ce qui me concerne puisque je sais que tu n'es pas une négresse. Je tire un trait ici. Pas de nègres chez moi. Il n'y en a jamais eu et il n'y en aura jamais.

Les lèvres d'Irène se mirent à trembler, presque sans qu'elle puisse les maîtriser, mais elle réussit, au prix d'un effort désespéré, à contenir son envie désastreuse de rire encore. En choisissant soigneusement une cigarette dans la boîte laquée posée sur la table basse devant elle, elle lança un regard oblique à Claire et croisa des yeux étranges à l'expression si sombre, si profonde, si insondable, qu'elle eut un court instant le sentiment de fixer les yeux d'une créature entièrement inconnue et différente. Une vague impression de danger la frôla, comme le souffle d'une brume froide. Absurde, lui disait sa raison tandis qu'elle acceptait la flamme qu'avançait Bellew vers sa cigarette. Un autre coup d'œil à Claire qui souriait. Gertrude faisait de même, toujours prête à se montrer obligeante.

Un témoin de passage, se dit Irène, y aurait vu un thé très sympathique, tous sourires, blagues et fous rires.

— Ainsi, vous n'aimez pas les nègres, M. Bellew ? dit-elle avec humour.

Mais l'amusement colorait ses pensées plus que ses mots.

John Bellew émit un bref rire de dénégation.

— Vous m'avez mal compris, Mme Redfield. Rien de tel chez moi. Ce n'est pas que je ne les aime pas, je les hais. Et Nèg' en fait autant, même si elle s'efforce de se transformer en l'un d'eux. Elle n'accepterait à aucun prix d'avoir une domestique noire. Non que je le lui demande. Ils me donnent la chair de poule. Répugnants diables noirs !

Ce n'était plus drôle. Bellew avait-il jamais connu des nègres ? s'enquit Irène. Son accent agressif fit à nouveau sursauter l'inquiète Gertrude et suscita un rapide regard alarmé de Claire, en dépit de son apparente sérénité.

— Non, Dieu merci ! Et je n'espère pas en connaître ! Mais je connais des gens qui en ont connu, mieux que leurs âmes noires. Et je lis ce qu'en disent les journaux. Toujours à voler et tuer les gens. Et, ajouta-t-il d'un air sombre, pire encore.

On entendit, du côté de Gertrude, une sorte de curieux gargouillis contenu, un reniflement ou un gloussement. Irène ne savait trop. Suivit un bref silence pendant lequel elle craignit que sa maîtrise de soi ne cède face à la poussée croissante de sa colère et de son indignation. Elle avait un violent désir de hurler au type qui se trouvait à côté d'elle : « Et vous êtes assis au milieu de trois diables noirs, en train de boire du thé ! »

Cette impulsion lui passa à l'idée du danger où semblable audace aurait plongé Claire qui intervint, avec une douce réprobation :

— Jack chéri, je suis sûre que Reine ne tient pas à tout savoir de tes phobies. Pas plus que Gertrude. Elles aussi doivent lire les journaux, tu sais.

Elle lui sourit et son sourire parut le transformer, l'adoucir et le détendre, comme les rayons du soleil sur un fruit.

— D'accord, ma vieille Nèg', pardonne-moi, s'excusa-t-il.

Il pressa gentiment les mains pâles de sa femme puis se tourna vers Irène :

— Je n'avais pas l'intention de vous ennuyer, Mme Redfield ; j'espère que vous me pardonnerez, dit-il confus. Claire m'a dit que vous résidiez à New York. Quelle ville épatante ! La ville de l'avenir !

La rage n'avait pas reflué chez Irène, mais elle était contenue par un barrage de prudence et de loyauté à l'égard de Claire. Aussi abonda-t-elle dans le sens de Bellew, de sa voix la plus insouciante possible. Quoique, lui rappela-t-elle, les habitants de Chicago soient enclins à décrire leur ville dans les mêmes termes. Tout en parlant, elle songeait qu'il était stupéfiant que sa voix ne tremble pas, qu'elle reste calme en apparence. Seules ses mains tremblaient légèrement sur ses genoux. Elle les ramena vers elle et immobilisa le bout de ses doigts en les pressant les uns contre les autres.

— Votre mari est médecin, si j'ai bien compris. À Manhattan ou dans l'un des autres quartiers ?

— À Manhattan, répondit-elle en expliquant qu'il était important pour Brian d'être à portée de certains hôpitaux et cliniques.

— Quelle vie intéressante que celle d'un médecin.

— Ou-ui. Mais dure. Et monotone en un sens. Nerveusement éprouvante, en même temps.

— Dure pour les nerfs de l'épouse, au moins, hein ? Avec toutes ces patientes.

Il se mit à rire comme un potache, ravi de sa blague éculée.

Irène parvint à esquisser un rapide sourire, mais observa d'une voix sévère :

— Brian ne se soucie pas des femmes, en particulier des malades. J'aimerais parfois qu'il s'y intéresse. Ce qui l'attire, c'est l'Amérique du Sud.

— C'est le continent de l'avenir, l'Amérique du Sud, pourvu qu'ils s'y débarrassent des nègres ! Elle en est infestée...

— Vraiment, Jack ! (La voix de Claire frôlait la colère.)

— Sincèrement, Nèg', j'avais oublié. Il ajouta, à l'adresse des autres : Vous voyez qu'elle porte la culotte ; puis, à l'adresse de Gertrude : Vous êtes toujours à Chicago, Mme, euh... Mme Martin ?

Il était clair que Bellew faisait de son mieux pour être agréable aux vieilles amies de Claire. Irène devait s'avouer qu'elle aurait pu l'apprécier, en d'autres circonstances. Un assez bel homme, enjoué, à l'évidence, et à l'aise. Simple et sans chichis.

Gertrude répondit que Chicago lui suffisait. Elle n'en était jamais sortie et ne pensait pas le faire jamais. Son mari y avait ses affaires.

— Bien sûr, bien sûr, on ne peut pas ficher le camp en laissant ses affaires.

S'ensuivit une conversation anodine sur Chicago, New York, leurs différences et leurs récents changements, spectaculaires.

C'était incroyable, songeait Irène, stupéfiant, que quatre personnes puissent rester si placides, si ostensiblement amicales alors qu'elles bouillaient en réalité de colère, d'humiliation, de honte. Mais non, réflexion faite, elle devait changer d'avis. John Bellew était certainement aussi tranquille au-dedans qu'au-dehors. Ainsi, peut-être, que Gertrude Martin. Du moins n'éprouvait-elle pas la mortification et la honte que devait ressentir Claire Kendry ni, aussi intenses, la rage et la révolte qu'elle-même refoulait.

— Encore un peu de thé, Reine ? proposa Claire.

— Non merci. Je dois me sauver. Je pars demain, tu sais, et je dois encore faire les bagages.

Elle se leva, imitée par Gertrude, Claire et John Bellew.

— Aimez-vous le Drayton, Mme Redfield ? s'enquit ce dernier.

— Le Drayton ? Oh, beaucoup. Vraiment beaucoup, répondit Irène, en posant des yeux méprisants sur le visage hermétique de sa femme.

— Un bel endroit, il n'y a pas de doute. J'y ai séjourné une ou deux fois.

— Oui, c'est agréable, renchérit Irène ; presque autant que les meilleurs endroits de New York.

Elle avait détourné les yeux et fouillait son sac à la recherche de quelque objet imaginaire. Elle comprenait de mieux en mieux la situation : sa pitié comme son mépris croissaient de pair. Claire était si audacieuse, si belle, savait si bien « s'y prendre ».

Elles tendirent la main à Claire avec les murmures qui s'imposaient. « Si merveilleux de t'avoir revue »... ; « J'espère vraiment que nous nous retrouverons bientôt ».

— Au revoir, répondait Claire. Comme c'est gentil d'être venue, Reine chérie. Toi aussi, Gertrude.

— Au revoir, M. Bellew.

— Si heureuse d'avoir fait votre connaissance.

Ce dernier mot était de Gertrude. Irène ne pouvait, ne pouvait absolument pas prononcer une formule polie ni quoi que ce soit de semblable.

Il les raccompagna jusque sur le palier, appela l'ascenseur.

— Au revoir, dirent-elles encore en y pénétrant.

Elles descendirent sans mot dire.

Elles traversèrent le hall en silence.

Mais dès qu'elles se trouvèrent dans la rue, Gertrude, comme si elle ne pouvait retenir une minute de plus tout ce qu'elle avait dû refouler durant l'heure précédente, éclata :

— Mon Dieu ! Quel risque abominable ! Elle doit être cinglée !

— Oui, c'est sûrement risqué, convint Irène.

— Risqué ! C'est le moins qu'on puisse dire. Risqué ! Seigneur ! Quel mot ! Et le pétrin dans lequel elle peut tomber !

— Malgré tout, je pense qu'elle n'est pas en danger. Ils ne vivent pas ici, tu sais. Et il y a une enfant. Tout cela garantit une certaine sécurité.

— Ça n'en est pas moins courir un risque abominable. Je n'aurais jamais épousé Fred sans qu'il le sache. On ne sait jamais ce qui peut se passer.

— Oui, je suis bien d'accord : il vaut mieux dire la vérité. Mais Bellew ne l'aurait jamais épousée. Et c'était après tout ce qu'elle voulait.

Gertrude secoua la tête :

— Je n'aimerais pas être à sa place, malgré tout l'argent qu'elle en retire, le jour où il découvrira la vérité. Pas s'il voit les choses comme il les voit. Mince ! C'était atroce, non ? Pendant une minute, j'étais si furieuse que je l'aurais giflé.

Irène en convint : cela avait été une expérience vraiment éprouvante, et très désagréable.

— J'étais moi-même plus qu'irritée.

— Et quand tu penses qu'elle ne nous avait pas prévenues de ses sentiments à lui sur la question ! Tout aurait pu arriver. Nous aurions pu dire quelque chose.

Cela, remarqua Irène, c'était du Claire Kendry tout craché. Prendre un risque sans se soucier des sentiments d'autrui.

— Elle s'est peut-être dit que nous y verrions une bonne farce. Et j'ai l'impression que tu l'as pris ainsi. Ta façon de rire. Juste Ciel ! J'avais une peur bleue qu'il ne comprenne.

— Eh bien, c'était une farce, en effet, à ses dépens à lui, aux nôtres et peut-être aux siens à elle.

— Malgré tout, quel risque abominable. Je détesterais être à sa place.

— Elle a l'air assez contente. Elle a obtenu ce qu'elle voulait et m'a dit l'autre jour que ça valait le coup.

Mais Gertrude en doutait.

— Elle finira par voir les choses autrement. Elle finira par les voir tout autrement.

La pluie avait commencé à tomber, quelques grosses gouttes éparses.

Les foules qui quittaient leur travail se hâtaient vers les trams et les métros aériens.

— Tu vas dans le quartier sud ? Je suis désolée, j'ai une course à faire. Si ça ne t'ennuie pas, je te laisse ici. C'était sympathique de te voir, Gertrude. Salue Fred pour moi, et ta mère si elle se souvient de moi. Au revoir.

Elle avait voulu se débarrasser de l'autre femme, pour être seule, car elle était encore ulcérée et furieuse.

De quel droit, se répétait-elle sans cesse, Claire Kendry l'exposait-elle, ainsi que Gertrude Martin, à une semblable humiliation, à une telle insulte caractérisée ?

Et, pendant le trajet rapide de retour vers la maison paternelle, Irène Redfield s'efforçait d'interpréter l'expression du visage de Claire, tandis qu'elles se disaient au revoir. Mi-moqueur, avait-il semblé, et mi-menaçant. Plus quelque chose d'autre qu'elle n'arrivait pas à nommer. À nouveau, elle sentit croître ce sentiment de peur qu'elle avait éprouvé en croisant le regard de son ancienne amie cet après-midi-là. Un léger frisson la parcourut.

« Ce n'est rien, juste quelqu'un qui marche sur ma tombe, comme disent les enfants. » Elle tenta un petit rire et constata à regret qu'il était proche des larmes.

Dans quel état avait-elle laissé cet horrible Bellew la plonger !

Tard dans la nuit, longtemps après le départ du dernier invité, alors que la quiétude enveloppait la vieille maison, elle restait encore à la fenêtre, les sourcils froncés vers la pluie noire, à s'interroger sur l'expression du visage incroyablement beau de Claire. Impossible, cependant, malgré tous ses efforts, d'arriver à une conclusion. Elle était insondable, dépassait absolument toute son expérience ou sa compréhension.

Elle se détourna enfin de la fenêtre, encore plus soucieuse. Pourquoi, après tout, s'inquiéter de Claire Kendry ? Elle était tout à fait capable de se débrouiller seule, c'est ce qu'elle avait toujours fait. Du reste, Irène avait d'autres sujets de préoccupation, plus personnels et plus importants.

D'ailleurs, sa raison lui disait qu'elle n'avait qu'à s'en prendre à elle-même pour ce déplaisant après-midi et les craintes et questionnements qu'il avait suscités. Elle n'aurait jamais dû y aller.

IV

Le lendemain matin, le jour même de son retour à New York, était arrivée une lettre dont elle sut au premier coup d'œil, instinctivement, qu'elle venait de Claire Kendry – même si elle ne se souvenait pas avoir jamais reçu un seul mot d'elle auparavant. Elle déchira l'enveloppe, déchiffra la signature et vit qu'elle avait deviné juste. Elle ne la lirait pas, se dit-elle. Elle n'avait pas le temps. D'ailleurs, elle ne souhaitait pas se rappeler l'après-midi précédent. De fait, elle ne se sentait guère d'attaque pour son voyage : elle avait passé une nuit exécrable. Et tout cela à cause du manque de considération inné de Claire pour les sentiments d'autrui.

Mais elle finit par la lire. Après que son père et ses amis lui eurent dit au revoir en agitant la main, une fois transportée vers l'est à vive allure, elle fut envahie par un désir irrépressible de lire ce que Claire avait à dire au sujet de la veille. Car enfin, que pouvait-elle, qu'aurait-on pu dire, s'interrogeait-elle en la tirant de son sac, sur pareil épisode ?

Claire Kendry écrivait :

Reine chérie,

Comment pourrais-je te remercier assez de ta visite ? Je sais que tu estimes que vu les circonstances, je n'aurais pas dû te demander de venir, ou plutôt, que je n'aurais pas dû insister. Mais si tu savais quelle fut ma joie, le bonheur excitant de te retrouver et combien j'aspirais à te revoir (à voir tout le monde sans le pouvoir), tu comprendrais que je veuille te revoir et peut-être me pardonnerais-tu un peu.

Avec, à toi, mon affection encore et encore, ainsi qu'à ton cher père, et tous mes pauvres remerciements.

Claire

Suivait un post-scriptum :

Il se peut, Reine chérie, c'est bien possible, que tu sois après tout la plus sage et infiniment plus heureuse. Je ne sais plus, à présent. En tout cas, je n'en suis plus aussi sûre que par le passé.

C.

Mais cette lettre n'amadoua pas Irène. Son indignation ne fut pas amoindrie par l'allusion flatteuse à sa sagesse. Comme si, songeait-elle rageusement, quoi que ce fût pouvait dissiper l'humiliation, ou même l'atténuer, de ce qu'elle avait enduré l'après-midi précédent pour Claire Kendry !

Scrupuleusement, méthodiquement – chose inhabituelle –, elle déchira la lettre offensante en minuscules carrés irréguliers qui voletèrent en petit tas dans le giron de sa robe noire en *crêpe de Chine*. Une fois la lettre détruite, elle en réunit les morceaux, se leva et gagna la passerelle. Elle les précipita par-dessus la rambarde et les regarda s'éparpiller, sur les voies, les cendres, les touffes d'herbe, les ruisselets d'eau sale.

C'en est fini, se dit-elle. Il y avait une chance sur un million pour qu'elle pose à nouveau son regard sur Claire Kendry. Si toutefois cette millionième chance se réalisait, elle n'aurait qu'à détourner les yeux pour refuser de la reconnaître.

Elle chassa Claire de ses pensées pour se concentrer sur ses propres affaires. Sur la maison, sur les garçons, sur Brian. Brian, qui l'attendrait au matin dans la grande gare pleine de clameurs. Elle espérait qu'il était resté serein et pas trop solitaire en son absence et celle des enfants. Pas solitaire au point de ranimer cette inquiétude bizarre, malheureuse au-dedans de lui, ce désir d'un lieu étrange et différent qu'elle avait tant combattu au début de leur mariage et qui continuait vaguement de l'alarmer, même s'il sourdait de plus en plus rarement à présent.

DEUXIÈME PARTIE

NOUVELLES RETROUVAILLES

I

Tels étaient donc les souvenirs d'Irène Redfield, assise dans sa chambre inondée par la gerbe d'un soleil d'octobre, tenant en main cette deuxième lettre de Claire Kendry.

Posant la lettre à côté d'elle, elle s'étonna, vaguement amusée, de la violence des sentiments qu'elle avait réveillés en elle.

Ce n'était pas l'intensité de sa colère qui la surprenait et l'amusait légèrement. Celle-ci, elle le savait, était justifiée et raisonnable, comme le fait qu'elle subsiste, toujours forte et constante, bien que deux années eussent passé durant lesquelles elle n'avait eu aucun contact avec John Bellew ou Claire. Que, même si longtemps après, le souvenir des propos et de l'attitude de cet homme suffise à faire trembler ses mains et à lui faire monter le sang à la tête, cela ne lui semblait pas extraordinaire. Mais qu'elle conserve ce léger sentiment de peur, de panique, c'était là une surprise, une sottise.

Que Claire lui ait écrit, qu'elle ait même, toutes choses considérées, exprimé le désir de la revoir, ne la choquait pas tant. Ne faire aucun cas des vexations, de l'amertume ou de la souffrance d'autrui, cela lui ressemblait bien.

En tout cas – elle haussa les épaules – une chose était certaine : elle n'avait ni le besoin ni l'intention de s'exposer de nouveau à une humiliation aussi irritante et outrageante que celle endurée, dans l'intérêt de Claire Kendry, « ce jour-là à Chicago ». Une fois suffisait.

Si, à l'époque de sa décision, Claire n'en avait pas correctement évalué le prix, elle n'avait du moins aucun droit d'attendre des autres qu'ils l'aident à l'assumer. L'ennui, avec elle, c'était non seulement qu'elle voulût le beurre et l'argent du beurre, mais qu'elle piochât aussi dans le beurre des autres.

Irène Redfield avait du mal à s'associer à la tendresse neuve de Claire, à son goût affiché pour « les gens de son peuple ».

La lettre qu'elle venait de reposer était un peu trop verbeuse à son goût, un rien trop démonstrative. À nouveau, elle éveillait ce vieux soupçon que Claire jouait la comédie, peut-être inconsciemment – disons, pas trop consciemment – mais, malgré tout, qu'elle jouait un rôle. Irène n'était pas davantage prête à excuser ce qu'elle appelait l'égoïsme caractérisé de Claire.

Un autre sentiment se mêlait à son incrédulité et à son ressentiment, une interrogation : pourquoi n'avait-elle pas parlé ce jour-là ? Pourquoi, face à la haine et à l'aversion ignorantes de Bellew, avait-elle caché sa propre origine ? Pourquoi lui avait-elle permis de formuler ses assertions et ses sophismes sans les contredire ? Pourquoi, au nom de la seule

Claire Kendry – qui l'avait exposée à semblable torture –, avait-elle renoncé à prendre la défense de la race à laquelle elle appartenait ?

Irène se posait ces questions, les ressentait. Elles n'étaient, cependant, que rhétoriques, elle le savait bien. Elle en connaissait les réponses, chacune d'elles, et c'était toujours la même. Quelle *sardonie*[1] ! Elle ne pouvait trahir Claire, elle ne pouvait même pas courir le risque de sembler défendre une race insultée de peur que cette défense, d'une manière infinitésimale, ne conduise à la découverte ultime de son secret. Elle avait un devoir à l'égard de Claire Kendry. Elle était attachée à elle par ces mêmes liens de race que Claire n'avait pu complètement rompre, malgré tous ses efforts.

Et ce n'était pas, comme le savait Irène, que Claire se souciât le moins du monde de la race ou de son avenir. Elle ne s'en souciait pas. Ni qu'elle eût pour aucun de ses membres une grande ou véritable affection, bien qu'elle professât une gratitude immortelle pour les petites bontés que lui avait témoignées la famille Westover dans son enfance. Irène doutait de sa sincérité et pensait qu'elle-même n'était qu'un moyen aux yeux de son ancienne camarade. On ne pouvait pas davantage affirmer qu'elle nourrît pour ladite race le plus léger intérêt artistique ou sociologique, celui-là même que certains membres d'autres races pouvaient afficher. Ce n'était pas le cas. Non, Claire Kendry

1. Néologisme forgé à partir de la combinaison des termes « sardonique » et « ironie » (NdT).

ne se souciait aucunement de sa race. Elle y appartenait, simplement.

— Pas un foutu truc de plus ! s'exclama-t-elle en enfilant un bas très fin sur son pied mat.

— Aha ! On jure encore, n'est-ce pas, madame ? Je vous prends sur le fait, cette fois.

Brian Redfield avait pénétré dans la pièce à sa façon silencieuse qui continuait, malgré des années de vie commune, à la surprendre. Il se tenait debout, à la regarder avec son sourire amusé, teinté d'une ombre de dédain, mais qui lui seyait à merveille, malgré tout.

En hâte, Irène enfila son autre bas et glissa les pieds dans ses pantoufles à côté du fauteuil.

— Et quelle est la cause de cette vile saillie ? S'il est du moins loisible au mari aussi indulgent que troublé de s'en enquérir ! Et madame est mère, a des fils ! Quelle époque, hélas !

— J'ai reçu cette lettre, lui dit Irène. Et je suis certaine que n'importe qui conviendrait qu'elle suffirait à faire jurer un saint ! Quel culot !

Elle lui tendit la lettre, non sans froncer intérieurement les sourcils. Elle se rendait compte, en effet, qu'elle avait recours à ce geste au lieu de répondre à sa question, ce qui occuperait Brian pendant qu'elle finissait de s'habiller en hâte. Car elle était encore une fois en retard, ce que Brian, elle le savait, détestait. Pourquoi, pourquoi donc, ne pouvait-elle jamais s'arranger pour être à l'heure ? Brian était levé depuis une éternité, il avait déjà fait quelques courses à ce qu'elle savait, outre qu'il avait déposé les enfants à l'école dans le centre. Et elle n'était même pas encore habillée ; elle venait de s'y mettre. Le diable soit de Claire ! Ce matin, c'était de sa faute.

Brian s'assit et inclina la tête vers la lettre, en fronçant un peu les sourcils pour déchiffrer le griffonnage de Claire.

Irène, debout devant le miroir, passa un peigne dans ses cheveux noirs, puis eut un léger coup de tête caractéristique, afin de démêler les mèches compactes. Elle promena la houppe de poudre sur sa chaude peau olivâtre puis enfila sa robe – si vite qu'elle eut quelque mal à l'ajuster convenablement. Elle était enfin prête, bien qu'elle ne le dise pas tout de suite et se contente d'observer, avec un curieux détachement, son mari de l'autre côté de la pièce.

Brian était, songea-t-elle, extrêmement beau. Pas, bien sûr, dans le sens de mignon ou d'efféminé ; la légère irrégularité de son nez lui épargnait le « mignon », tandis que la lourdeur assez prononcée de son menton empêchait l'efféminé. Mais, en un sens plaisamment viril, il était beau. N'aurait-il pas été, peut-être, d'une beauté ordinaire et commune, sans la richesse, la beauté de sa peau, dont la texture était d'une finesse exquise, d'une profonde couleur cuivrée ?

Il leva les yeux :

— Claire ? Ça doit être la fille que tu m'as dit avoir rencontrée lors de ton dernier voyage. Celle avec qui tu avais pris le thé ?

Elle lui répondit par un hochement de tête.

— Je suis prête.

Ils descendaient l'escalier ; Brian la guidait adroitement, sans nécessité, sur les deux petites marches incurvées, juste avant le palier qui séparait les deux étages.

— Tu ne vas pas la revoir, n'est-ce pas ?

Irène se rendait bien compte qu'il ne s'agissait pas d'une question, mais d'un avertissement.

Elle serra à peine les dents et répondit d'un ton légèrement sarcastique.

— Brian chéri, je ne suis pas si bête que je ne puisse comprendre que si un homme me traite de négresse, c'est de sa faute la première fois, mais de la mienne s'il a l'occasion de recommencer.

Ils passèrent dans la salle à manger. Il lui avança son siège pour qu'elle prenne place derrière la cafetière allemande et ventrue qui diffusait son parfum matinal, mêlé à celui du pain grillé et craquant, à celui du bacon à l'arrière-plan. De ses doigts longs et nerveux, il saisit le journal du matin posé sur sa propre chaise et s'assit.

Zulena, une petite jeune femme couleur acajou, apportait le pamplemousse.

Ils saisirent leur cuiller.

Brian rompit le silence. L'air un peu narquois.

— Ma chérie, tu n'y es pas du tout. Je voulais juste dire que j'espère que tu ne la laisseras pas t'empoisonner. Car c'est ce qu'elle fera, tu sais, si tu lui en fournis la moindre occasion et si elle ressemble le moins du monde à la description que tu en donnes. Quoi qu'il en soit, c'est toujours ce qu'elles font. J'ajoute que son bonhomme de mari ne t'a pas traitée de négresse. Il y a quand même une nuance.

— Non, il ne l'a certainement pas fait. Pas vraiment. Il ne pouvait pas vraiment puisqu'il ne savait pas. Mais il l'aurait fait. Ça revient au même. Et j'ai trouvé l'épisode aussi désagréable.

— Hum ! Je ne sais pas. Mais j'ai l'impression, ma chérie, que tu avais tout l'avantage. Tu savais quelle était son opinion sur toi, alors que lui... Enfin, ça a toujours été comme ça. Nous savons, nous avons toujours su. Pas eux. Pas vraiment. Par certains côté, il faut l'admettre, c'est amusant et, parfois, commode.

Elle versait le café.

— Je ne vois pas en quoi. Je vais écrire à Claire. Aujourd'hui, si j'ai une minute. C'est une chose que nous pourrions au moins régler définitivement et sur-le-champ. C'est curieux que reconnaissant elle-même son attitude inexcusable...

— Mais ça se passe toujours comme ça, l'interrompit Brian. Ça ne rate jamais, à ma connaissance. Tu te rappelles Albert Hammond, comment il passait son temps à hanter la Septième Avenue, Lenox Avenue et les dancings jusqu'au jour où un « basané » lui a tiré dessus parce qu'il avait trop regardé sa panthère noire ? Ils reviennent toujours. Je l'ai vu je ne sais combien de fois.

— Mais pourquoi ? interrogea encore Irène. Pourquoi ?

— Si je le savais, je saurais ce qu'est une race.

— Mais est-ce qu'ils ne devraient pas se satisfaire d'avoir obtenu ce qu'ils cherchaient, en courant de si grands risques ? Ou avoir peur ?

— Certes, c'est évidemment ce qu'on pourrait penser. Mais le fait demeure que non. Je veux dire qu'ils ne sont pas satisfaits. Je pense qu'ils ont une sacrée frousse la plupart du temps, quand ils cèdent à leur pulsion et reviennent en douce. Mais la frousse n'est pas assez grande pour les arrêter. Dieu seul sait pourquoi.

Irène se pencha en avant et s'exprima avec une véhémence tout à fait inutile, elle s'en rendait compte, mais qu'elle ne pouvait contrôler.

— Eh bien, Claire peut me rayer de sa liste. Je n'ai pas l'intention d'être le chaînon manquant entre elle et ses frères plus sombres et plus pauvres. Surtout après cette scène à Chicago ! S'attendre tranquillement à ce que je...

Elle s'interrompit brutalement, la colère l'étouffait.

— Tout à fait juste. C'est l'attitude la plus raisonnable. Qu'elle soupire après toi. Toute cette affaire est malsaine. Comme toujours.

— Plus de café ? dit-elle en hochant la tête.

— Non merci.

Il rouvrit le journal, en l'étalant avec un petit bruit caractéristique.

Zulena rapportait du pain grillé. Brian prit une tranche qu'il mordit avec ce bruit très sonore de mastication que sa femme détestait si fort, avant de revenir à sa lecture.

— C'est drôle, cette histoire de *passage*. Nous le désapprouvons et, en même temps, nous l'excusons. Il suscite notre mépris et pourtant nous l'admirons plutôt. Il nous inspire une sorte de révulsion, mais nous le protégeons.

— C'est l'instinct de l'espèce qui nous pousse à survivre et à nous multiplier.

— Balivernes ! Une expression biologique toute faite ne saurait tout expliquer.

— Mais si. Regarde les soi-disant Blancs, qui ont laissé des bâtards dans tout l'univers connu. C'est la même chose pour eux. L'instinct de l'espèce qui les pousse à survivre et à se multiplier.

Irène était d'un avis tout contraire, mais bien des discussions passées lui avaient appris qu'il était vain de tenter d'affronter son mari sur des terrains qui lui étaient plus familiers qu'à elle. Elle ignora son affirmation péremptoire et changea entièrement de sujet.

— Je me demande, dit-elle, si tu aurais le temps de me déposer à l'imprimerie qui se trouve dans la 116e Rue. Je dois me renseigner sur quelques prospectus et quelques billets supplémentaires pour le bal.

— Mais bien sûr. Comment ça se présente ? Tout est en place ?

— Oui, oui. Je suppose. Les loges sont toutes vendues et presque toute la première fournée de billets. Et nous prévoyons d'accueillir presque autant de monde à la porte. Et puis, il y a tous ces gâteaux à vendre. Mais il y a un travail fou.

— J'imagine. Édifier nos frères n'est pas simple. Moi-même, je ne sais plus où donner de la tête. (Une ombre traversa son visage.) Seigneur ! combien je déteste les malades, leurs familles stupides qui se mêlent de tout, leurs chambres sales et puantes, et les escaliers répugnants et sombres qui y mènent.

— Tout de même, commença Irène, en refoulant la peur et l'irritation qu'elle ressentait, tout de même...

— N'en parlons plus, si tu veux bien, lui intima sèchement son mari.

Il reprit aussitôt, de son ton habituel, un peu moqueur :

— Es-tu prête ? Je ne peux pas attendre longtemps.

Il se leva. Elle le suivit dans le vestibule, sans répondre. Il s'empara de son chapeau brun sur la console et resta un instant à le faire virevolter sur ses longs doigts couleur de thé.

Elle le regardait en songeant : « Ce n'est pas juste, ce n'est pas juste. » Continuer à lui faire ces reproches après toutes ces années. Sa réussite n'avait-elle pas prouvé qu'elle avait eu raison d'insister pour qu'il continue d'exercer, ici à New York ? Ne se rendait-il pas compte, même aujourd'hui, que ç'a avait *été* l'idéal ? Pas pour elle-même, oh non, pas pour elle-même – elle n'avait jamais vraiment pensé à elle – mais pour lui et les garçons ? Ne se libérerait-elle jamais de cette peur qui restait toujours tapie tout au fond d'elle-même, qui lui dérobait le sentiment de sécurité, le sentiment de permanence, au cœur de cette vie qu'elle leur avait si admirablement arrangée, qu'elle désirait si ardemment voir demeurer comme elle était ? Cette idée étrange, insensée selon elle, qu'il puisse partir au Brésil ; qui continuait de l'habiter, lui, même s'il n'en parlait pas ; combien elle l'effrayait et, même, l'irritait !

— Eh bien ? fit-il d'un ton léger.

— Je vais chercher mes affaires. Une minute, promit-elle en montant à l'étage.

Sa voix avait été calme, son pas décidé, mais l'inquiétude, les alarmes que l'insatisfaction de son mari avait suscitées ne s'apaisaient nullement. Il n'avait plus évoqué son désir depuis cette époque reculée de tempêtes et de tensions, de querelles haineuses et presque irrémédiables, lorsqu'elle s'était si catégoriquement opposée à lui, en pointant si sagement l'impossibilité absolue du projet, ses conséquences probables pour elle-même et les enfants, et qu'elle avait même fait allusion à la fin de leur mariage dans l'hypothèse où il insisterait. Non, il n'en avait plus été question, durant toutes les années où ils avaient vécu ensemble, pas plus qu'il n'y avait eu de nouvelles querelles ni de nouvelles menaces. Mais, parce que le lien de la chair et de l'esprit était si fort entre eux, elle savait, elle avait toujours su que son insatisfaction persistait, tout comme sa détestation et son dégoût de son métier et de son pays.

Un malaise s'insinuait en elle à l'idée, inconcevable, qu'elle ait pu se tromper dans l'évaluation du caractère de son mari. Cette perspective lui donnait un haut-le-cœur. Impossible ! Elle ne pouvait s'être trompée. Tout prouvait qu'elle avait eu raison. Et plus encore, s'il se pouvait. Et tout cela, se persuadait-elle, parce qu'elle le comprenait si bien, parce qu'elle avait un talent particulier pour le comprendre. C'était, selon elle, la seule chose sur laquelle reposait le succès d'un mariage qui avait failli échouer. Elle le connaissait aussi bien qu'il se connaissait lui-même, sinon mieux.

Alors, pourquoi s'inquiéter ? Cette chose, cette insatisfaction qui avait explosé en mots, finirait sûrement par mourir, au moins par s'éteindre. Certes, elle avait souvent voulu croire qu'elle était morte, dans le passé, pour se rendre compte, de manière instinctive et subtile, qu'elle s'était simplement abusée pour un temps et qu'elle vivait encore. Mais elle *finirait* par mourir. Elle en était certaine. Il lui fallait seulement diriger et conduire son homme pour qu'il reste dans la bonne direction.

Elle enfila son manteau et mit son chapeau.

Oui, cette chose mourrait, aussi vrai qu'elle en avait pris la décision, jadis. Mais entre-temps, tandis qu'elle vivait encore et pouvait soudain s'embraser, l'alarmer, il allait falloir la contenir, l'étouffer et proposer quelque chose à sa place. Il lui faudrait concevoir un plan, prendre une décision, tout de suite. Elle fronça les sourcils car cela la contrariait immensément. Quoique temporaire, ce plan risquait d'être important et peut-être dérangeant. Irène n'aimait pas les changements, en particulier ceux qui perturbaient la douce routine de son ménage. Eh bien, on n'y pouvait rien. Il fallait agir. Et sur-le-champ.

Elle s'empara de son sac et, tirant sur ses gants, s'élança dans l'escalier et franchit la porte que Brian lui tenait ouverte pour monter dans la voiture qui attendait.

— Tu sais, dit-elle en s'installant dans le siège à côté de lui, je suis terriblement heureuse que nous ayons ce moment de tête-à-tête. Nous sommes si occupés, en permanence – je déteste vraiment ça – mais qu'y faire ? Je pense à quelque chose depuis si longtemps, quelque chose dont il faut que nous parlions sérieusement.

Le moteur de la voiture ronronnait tandis qu'ils s'éloignaient du trottoir pour rejoindre la circulation ténue de la rue ; Brian était un excellent conducteur.

Elle scruta son profil.

Ils tournèrent dans la Septième Avenue.

— Eh bien, parlons-en, reprit-il. Le moment est idéal pour régler des questions de poids.

— Il s'agit de Junior. Je me demande s'il n'en fait pas un peu trop à l'école. Nous oublions qu'il n'a pas encore onze ans. Car enfin, ça ne peut pas être bon pour lui de... enfin s'il... S'il en fait trop. Bien sûr, tu en sais plus que moi là-dessus. Tu es meilleur juge. C'est-à-dire, si tu as remarqué quelque chose ou pensé le moins du monde à la question.

— Irène, j'aimerais vraiment que tu ne sois pas sans cesse en train de t'inquiéter pour ces gamins. Ils vont bien. Parfaitement bien. De bons garçons, forts et sains, en particulier Junior. Tout particulièrement lui.

— Eh bien, tu as sûrement raison. Tu es censé savoir ce genre de choses et je suis certaine que tu ne te tromperais pas au sujet de ton propre fils. (Pourquoi avait-elle dit ça ?) Mais ce n'est pas tout. J'ai tellement peur qu'il ait ramassé d'étranges idées sur les choses – les choses de la vie – chez des garçons plus âgés, tu comprends.

Son ton était volontairement détaché. Elle semblait se concentrer sur le labyrinthe de la circulation, mais elle continuait à regarder attentivement son mari. Il arborait une expression particulière. Était-ce, pouvait-ce être, un mélange de mépris et de dégoût ?

— Des idées étranges ? reprit-il. Tu veux parler d'idées sur le sexe, Irène ?

— Oui, oui. Pas très jolies. De vilaines plaisanteries, des choses de ce genre.

— Oh je vois, fit-il.

Le silence s'installa durant un moment, puis il s'enquit carrément :

— Eh bien, où est le problème ? Si le sexe n'est pas une plaisanterie, qu'est-ce que c'est ? Et qu'est-ce qu'une plaisanterie ?

— Comme tu voudras, Brian. C'est ton fils, tu sais.

Elle parlait d'une voix claire, égale, critique.

— Tout juste ! Et tu essaies d'en faire une guimauve. Permets-moi de te dire que je ne te laisserai pas faire. Et ne va pas croire que je vais le transférer dans un mignon petit jardin d'enfants sous prétexte qu'il acquière une éducation nécessaire. En aucun cas ! Il restera là où il est. Plus et plus tôt il s'informera sur le sexe, mieux ça vaudra. Et surtout s'il apprend que c'est une fameuse plaisanterie, la plus grande du monde. Cela lui évitera quantité de déceptions par la suite.

Irène ne répondit pas.

Ils arrivèrent devant l'imprimerie. Elle descendit, en claquant avec force la portière. Son cœur était transpercé de souffrance et de tristesse. Elle n'avait pas voulu se comporter de la sorte, mais son irritation extrême devant l'attitude de Brian, le sentiment d'avoir été volontairement incomprise et critiquée l'emplissaient de fureur.

Une fois entrée dans la boutique, elle réprima le tremblement de ses lèvres, refoula les vagues de colère. Ses affaires faites, elle regagna la voiture d'un cœur plus serein. Contre l'armure du silence obstiné de son mari, elle s'entendit déclarer, d'un ton calme et métallique :

— Je crois que je ne vais pas rentrer tout de suite. Je viens de me rappeler qu'il me faut acheter quelque chose de mettable. Je n'ai pas une harde à me mettre sur le dos. Je vais prendre l'autobus jusqu'au centre.

Brian se contenta de soulever son chapeau, de cette façon aussi polie qu'exaspérante qui contenait si bien sa mauvaise humeur.

— Au revoir, lâcha-t-elle d'un ton mordant. Merci de m'avoir déposée. Et elle se détourna vers l'avenue.

Qu'allait-elle faire, à présent ? se demanda-t-elle d'un air contrit. Elle s'en voulait d'avoir choisi une entrée en matière si maladroite, si peu propre à la mener où elle voulait : inscrire Junior dans une école européenne l'année prochaine, où Brian l'aurait conduit. Si elle avait su présenter son plan, s'il l'avait accepté – ce qu'il aurait fait, elle en était certaine, pour peu qu'elle s'y fût prise autrement –, il aurait pu interrompre la tranquille routine qui lui semblait, pour une raison qui échappait tout à fait à Irène, si odieuse.

Elle s'en voulait davantage encore de son accès de colère. Quelle mouche l'avait piquée d'y céder en un tel moment ?

Peu à peu, son humeur s'adoucit. Elle reculait devant l'échec de sa première tentative de substitution, moins découragée que déçue et honteuse. Outre son explosion déplacée, peut-être avait-elle été trop vite dans son ardeur à le distraire, peut-être qu'elle s'était élancée trop rapidement sur les talons de sa colère, éveillant ainsi ses soupçons et son entêtement. Il suffisait d'attendre. Une autre occasion plus appropriée finirait par se présenter, demain, dans une semaine, dans un mois. Ce n'était pas, comme ç'a avait été le cas jadis, qu'elle redoute qu'il jette tout par-dessus bord et s'élance vers ce lieu éloigné où le portait le désir de son cœur. Il ne le ferait pas, elle le savait. Il l'aimait bien, il l'aimait, à sa façon légèrement retenue.

Et puis il y avait les garçons.

Elle voulait simplement qu'il soit heureux. Mais elle s'irritait qu'il en soit incapable dans la situation actuelle et elle refusait toujours de comprendre qu'elle n'envisageait son bonheur qu'à sa façon et selon ses plans à elle. Elle ne s'avouait pas davantage qu'elle voyait dans tout autre plan, toute autre méthode, des menaces plus ou moins indirectes contre la sécurité et la substance de ce lieu qu'elle entendait garder pour ses fils et, dans une moindre mesure, pour elle-même.

II

Cinq jours avaient passé depuis la lettre implorante de Claire Kendry. Irène Redfield n'y avait pas répondu. Elle n'avait d'ailleurs pas reçu d'autre message de Claire.

Elle n'avait pas mis à exécution sa première intention de répondre sur-le-champ parce que, en se reportant à la lettre pour trouver l'adresse de Claire, elle était tombée sur la requête suivante de sa correspondante : envoyer la réponse en poste restante. Requête qu'elle avait oubliée, ou mal notée, dans sa détermination à garder intact le mur qui la séparait de Claire, un mur que celle-ci avait elle-même érigé.

Irène s'en était irritée et en avait conçu un surcroît de dédain et de mépris pour l'autre.

Elle déchira d'un coup la lettre et la jeta dans la corbeille. Ce n'était pas tant les précautions et le souci du secret de leurs relations qui animaient Claire – Irène en comprenait la nécessité – que le fait que celle-ci doute de sa discrétion, qu'elle ait pu supposer qu'Irène eût pu se montrer imprudente dans la rédaction de sa réponse et le choix d'une boîte à lettres. Irène avait toujours eu une parfaite confiance dans son propre jugement et son propre tact et ne pouvait supporter qu'on fasse mine de les mettre en cause. En tout cas pas Claire Kendry.

Par la suite, un peu calmée, elle se persuada qu'il valait mieux ne rien répondre, ne rien expliquer, ne rien refuser ; régler la question simplement en n'écrivant pas du tout. Claire, dont on ne pouvait dire qu'elle fût stupide, ne se tromperait pas sur l'interprétation de ce silence. Elle pourrait – Irène était certaine qu'elle le ferait – choisir de l'ignorer et récrire encore, mais ça n'avait pas d'importance. Tout serait très facile. La corbeille à papier pour toutes les lettres et le silence pour toute réponse.

Très probablement, Claire et elle ne se reverraient jamais. Eh bien, elle s'en accommoderait, en ce qui la concernait. Depuis l'enfance, leurs vies n'avaient guère été que parallèles. Elles étaient des inconnues, en réalité. Inconnues par leurs modes de vie et leurs moyens de la gagner. Par leurs désirs et leurs ambitions. Inconnues, même, par leur conscience de race. La barrière entre elles était tout aussi haute, aussi large et solide que si ce filet de sang noir ne courait pas dans les veines de Claire. En fait, elle était plus haute, plus large et plus solide ; car il existait pour elle des périls, inimaginables ou ignorés par ceux qui n'avaient pas de semblables secrets pour les alarmer ou les mettre en danger.

◊

Le soir approchait. On avait passé le milieu d'octobre. Une semaine de pluie froide avait noyé les feuilles pourries tombées des pauvres arbres qui ponctuaient la rue des Redfield, envoyant un air humide et glacé dans la maison, l'annonce des jours froids à venir. Un petit feu brûlait dans la chambre d'Irène. Au-dehors, ne restait de jour qu'une lumière terne et grise. On avait déjà allumé les lampes.

De l'étage parvenait le bruit de voix enfantines. Parfois celle de Junior, sérieuse et décidée ; et puis celle de Ted, au charme trompeur. Les rires étaient fréquents, ou les bruits de chocs ou de lutte, ou ceux de jouets bruyamment jetés.

Junior, grand pour son âge, ressemblait d'une façon presque incroyable à son père, par les traits et la couleur de peau ; mais son caractère pratique et déterminé était celui de sa mère plus que celui de Brian. Ted, réfléchi et renfermé, semblait moins décidé dans ses idées et ses envies. Un air trompeur – Irène le savait bien – de candeur flottait autour de lui, qui évoquait l'assentiment raisonnable de son père. Si, avec un charmant semblant d'indolence, il se soumettait pour l'instant à une force supérieure, ou à telle autre condition ou contexte indépendants de sa volonté, c'était à cause de sa détestation intense des scènes et des disputes désagréables. À nouveau Brian tout craché.

Peu à peu ses pensées s'éloignèrent de Junior et Ted pour ne plus s'occuper que de leur père.

La vieille peur, encore plus forte, la peur de l'avenir, plantait ses griffes en elle. Quels que soient ses efforts, elle ne pouvait s'en défaire. Tout se passait comme si elle avait admis son impuissance devant l'apparence d'assentiment à ses vœux que lui présentait commodément son mari, apparence qui cachait une tendance croissante à se détacher, lui et ses possessions, de leur cadre approprié, depuis que la guerre l'avait rendu, physiquement intact, à sa femme.

Le chagrin ressenti devant ce premier échec à le détourner de la manifestation la plus récente de son mécontentement avait reflué, en laissant dans son sillage une inconfortable dépression. Tous ses efforts, tous ses travaux pour le consoler de cette unique privation, toutes ses tentatives muettes pour lui prouver que sa méthode avait été la meilleure, tous ses soins, tout l'effacement extérieur de son moi allaient-ils compter pour rien à quelque heure soudaine, imprévue ? Et dans ce cas, quelles en seraient les conséquences pour les enfants ? pour elle ? pour Brian lui-même ? Un examen interminable n'avait apporté aucune réponse à ces questions. Elle n'éprouvait qu'une intense lassitude par suite de leurs allers et retours dans sa tête.

Le bruit et les chocs se faisaient de plus en plus forts à l'étage. Irène allait monter pour demander aux garçons de se calmer quand elle entendit le carillon de la porte d'entrée.

Qui cela pouvait-il bien être ? Elle écouta les talons de Zulena qui se dirigeaient discrètement vers la porte, enfin elle l'entendit frapper doucement à la porte de la pièce.

— Oui, entrez.

— Vous avez de la visite, Madame, fit Zulena depuis l'embrasure.

Sa voix était teintée d'un discret regret, comme pour dire qu'elle était désolée de déranger sa maîtresse à cette heure de la journée et pour une inconnue.

— Une certaine Mme Bellew.

Claire !

— Oh Seigneur ! Dites-lui que je ne peux pas... commença-t-elle. Non, je vais la recevoir. Introduisez-la ici, s'il vous plaît.

Elle entendit Zulena traverser le vestibule et descendre le perron ; elle se leva, aplatit à petits coups légers les plis vert et ivoire froissés de sa robe. Devant le miroir, elle se poudra le nez et se brossa les cheveux.

Elle entendait dire tout de suite à Claire Kendry, et sans appel, que sa visite était inutile, qu'elle ne pouvait prendre cette responsabilité, qu'elle en avait parlé avec Brian qui était de son avis qu'il était plus sage, dans l'intérêt même de Claire, de s'abstenir...

Mais elle n'alla pas plus loin dans sa répétition. Claire était entrée doucement dans la pièce, sans frapper, et avait déposé un baiser sur ses boucles noires avant même qu'elle puisse l'accueillir.

En regardant la femme qui lui faisait face, Irène Redfield éprouva un élan soudain, inexplicable, d'affection. Elle saisit les deux mains de Claire dans la sienne et s'écria avec une sorte de saisissement :

— Seigneur Dieu ! Mais comme tu es jolie, Claire !

Claire écarta la remarque. En même temps que ses fourrures et son petit chapeau bleu qu'elle jeta sur le lit avant de s'asseoir de biais dans le fauteuil favori d'Irène, en ramenant une jambe sous elle.

— Avais-tu donc l'intention de ne pas répondre à ma lettre, Reine ? s'enquit-elle d'un ton sérieux.

Irène détourna le regard. Elle éprouvait le sentiment désagréable qu'on a quand on ne s'est pas montré absolument gentil ni absolument sincère.

— Je me suis rendue tous les jours à cette affreuse petite poste, poursuivit Claire. Je suis certaine que les employés commençaient à penser que j'avais eu une liaison illicite et que le type m'avait larguée. Chaque jour, la même réponse : « Rien pour vous. » Une terrible frayeur s'est emparée de moi, à l'idée que quelque chose ait pu arriver à ta lettre ou à la mienne. Je passais la moitié de mes nuits éveillée à regarder les étoiles laiteuses – les étoiles sont désespérantes –, à me ronger les sangs. Mais finalement, j'ai fini par comprendre que tu n'avais pas écrit et que tu n'en avais pas l'intention. Et alors – dès que j'ai eu accompagné Jack qui partait pour la Floride –, je suis tout de suite venue ici. Et maintenant, Reine, dis-moi franchement, je t'en prie, pourquoi tu n'as pas répondu à ma lettre.

— Parce que, tu vois...

Elle s'interrompit et fit attendre Claire pendant qu'elle allumait une cigarette, soufflait l'allumette et la jetait dans un cendrier. Elle s'efforçait de rassembler ses arguments car quelque chose lui disait qu'il serait plus difficile que prévu de convaincre Claire Kendry de la folie, dans sa situation, de s'intéresser à Harlem. Elle reprit enfin :

— Je ne peux m'empêcher de penser que tu ne devrais pas venir jusqu'ici, que tu ne devrais pas courir le risque de connaître des nègres.

— Tu veux dire que tu ne veux pas de moi, Reine ?

Irène n'aurait pas cru qu'on puisse avoir l'air aussi blessé.

— Mais non, ce n'est pas ça, répondit-elle très doucement. Mais, même toi, tu ne peux que te rendre compte que c'est une grosse bêtise, que ce n'est pas du tout raisonnable.

Le tintement du rire de Claire se fit entendre tandis qu'elle passait les mains sur sa chevelure claire.

— Oh, Reine, tu es impayable ! Et tu n'as pas changé du tout ! « Pas raisonnable ! » (Elle se pencha en avant pour scruter ses yeux bruns désapprobateurs.) Tu ne peux pas, tu ne penses pas vraiment ce que tu dis ! Personne ne le pourrait. C'est tout simplement incroyable.

Irène s'était relevée sans s'en rendre compte :

— Ce que je veux dire, c'est que c'est dangereux et que tu ne dois pas courir de risques aussi stupides. Toi moins que tout autre.

Sa voix était cassante. Une idée venait de lui venir, en effet, étrange et déplacée, un soupçon qui l'avait surprise, choquée et fait se lever. C'était qu'en dépit de son égoïsme féroce, celle qui se tenait assise devant elle pût receler des cimes et des abysses de sentiments qu'elle-même, Irène Redfield, n'avait jamais connus. Qu'elle ne s'était jamais souciée de connaître. Cette pensée, ce soupçon s'évanouirent aussi vite qu'ils étaient apparus.

— Oh, moi en particulier !

Irène lui effleura le bras d'une caresse, comme pour se faire pardonner cette pensée cinglante.

— Oui, Claire, toi. Ce n'est pas prudent. Pas prudent du tout.

— Prudent !

On eût dit que Claire avait mordu le mot avant de le recracher. Pendant encore une brève seconde, Irène songea que Claire recelait une profondeur de sentiment qui était pour elle étrange, et même odieuse. Elle avait aussi conscience de l'obscure prémonition d'un désastre à venir. C'était comme si Claire Kendry lui avait dit, à elle, pour qui la prudence et la sécurité étaient capitales : « Au diable la prudence ! », et qu'elle pensait ce qu'elle disait.

Elle eut un geste d'impatience, se rassit, et reprit d'un ton formel et détaché.

— Brian et moi avons examiné toute la situation avec soin pour convenir que ce n'était pas sage. Il est d'avis que c'est toujours un jeu dangereux, ces retours. Il en a vu plus d'un mal finir à cause de ça. D'ailleurs, Claire, si tu tiens compte de tout – de l'attitude de ton mari et de tout ça –, ne crois-tu pas que tu devrais être la plus prudente possible ?

La voix profonde de Claire déchira le silence qui avait suivi les propos d'Irène.

— J'aurais dû le savoir, dit-elle d'un ton plaintif. C'est Jack. Je ne te reproche pas d'être en colère, quoique tu te sois merveilleusement comportée ce jour-là, je dois dire. Mais je me disais vraiment que tu comprendrais, Reine. C'est en partie cela qui m'a donné envie de voir d'autres gens. Cette envie s'est abattue sur moi et a tout changé. Sans elle, j'aurais continué jusqu'au bout sans jamais voir la moindre d'entre vous. Mais cela m'a fait quelque chose et je me sens si seule depuis ! Tu n'as pas idée. Loin de tous. Sans jamais quelqu'un à qui parler vraiment.

Irène écrasa sa cigarette. Ce faisant, elle revit à nouveau Claire Kendry fixer avec dédain le visage de son père et se dit qu'elle aurait exactement la même expression devant son mari s'il gisait mort devant elle.

Son propre ressentiment fut balayé et sa voix était pénétrée de pitié lorsqu'elle s'exclama :

— Oh, Claire ! Je ne savais pas. Pardonne-moi. Je me sens comme les sept bêtes de l'Apocalypse. C'est idiot de ma part de n'avoir pas compris.

— Mais non, pas du tout. Tu ne pouvais pas. Personne, aucune d'entre vous ne le pouvait, gémit Claire.

Ses yeux noirs s'emplirent de larmes qui dévalèrent ses joues pour se répandre sur ses genoux et gâter le somptueux velours de sa robe. Elle soulevait un peu ses longues mains en les serrant convulsivement. Il était clair qu'elle faisait effort pour parler avec mesure, sans y arriver.

— Comment pourrais-tu le savoir ? Comment ? Tu es libre. Tu es heureuse. Et, ajouta-t-elle avec un léger sarcasme, « en sécurité ».

Irène négligea le sarcasme car la révolte poignante de l'autre avait fait monter les larmes à ses propres yeux, même si elle ne les laissa pas couler. La vérité, c'est qu'elle savait que pleurer ne lui allait pas. Rares étaient celles, se dit-elle, qui pleuraient aussi joliment que Claire.

— Je commence à penser, murmura-t-elle, que personne n'est jamais totalement heureux, ni libre, ni en sécurité.

— Eh bien alors, quelle importance ? On risque plus ou moins, si nul n'est en sécurité de toute façon, si toi-même tu ne l'es pas, ça ne peut pas avoir une influence capitale. En tout cas, pas pour moi. Du reste, j'ai l'habitude du risque. Et ce n'est pas le risque majeur que tu voudrais dépeindre.

— Oh, mais si. Et ça peut tout changer dans ta vie. Tu as une petite fille, Claire. Pense aux conséquences pour elle.

Elle eut l'air stupéfaite, comme si elle ne s'attendait absolument pas au nouveau coup que lui avait lancé Irène. Les secondes passèrent, pendant lesquelles elle garda les lèvres serrées, les yeux hagards.

— Je pense, dit-elle enfin, qu'être mère est l'une des choses les plus cruelles qui soient.

Ses mains jointes ondulaient à nouveau d'avant en arrière et sa bouche écarlate tremblait sans qu'elle pût la contrôler.

— Oui, admit doucement Irène.

Durant un moment, elle ne put rien ajouter à ces propos qui exprimaient si précisément ce qu'elle avait sur le cœur ces derniers temps. En même temps, elle avait conscience de ce qu'une raison se trouvait à sa portée qui ne pouvait être facilement écartée.

— Oui, et qui implique le plus de responsabilités, Claire. Nous autres mères sommes toutes responsables de la sécurité et du bonheur de nos enfants. Imagine ce que cela signifierait pour ta Margery si M. Bellew découvrait la vérité. Tu la perdrais sans doute. Et même dans le cas contraire, rien pour elle ne serait plus comme avant. Il n'oublierait jamais qu'elle a du sang noir. Et si elle l'apprenait - eh bien, je crois qu'il est trop tard, après douze ans, pour apprendre une chose comme ça. Elle ne te le pardonnerait jamais. Tu es peut-être habituée aux risques, mais c'en est un que tu ne dois pas prendre, Claire. C'est un caprice égoïste, inutile et...

— Oui, Zulena, que se passe-t-il ? demanda-t-elle, assez sèchement, à la bonne qui s'était silencieusement matérialisée à la porte.

— Le téléphone pour vous, madame. C'est M. Wentworth.

— Très bien. Merci. Passez-le-moi ici.

Après de rapides excuses à Claire, elle souleva le combiné.

— Allo ?... Oui, Hugh... Oh, tout à fait... Et toi ?... Je suis navrée, tout est parti... Oh, c'est vraiment dommage... O-oui, je suppose que c'est possible. Ce n'est pas très agréable, malgré tout... Oui, bien sûr, tout part en un rien de temps... Oh, attends ! Je vais échanger la mienne avec celle de ta voisine, et tu pourras l'avoir... Non... Sincèrement... Je serai si occupée que je ne saurai même pas si je suis assise ou debout... Tant que Brian a un siège où s'asseoir de temps en temps... Pas un chat... Non, je t'en prie... C'est charmant... Bises à Bianca... Je m'en occupe sur-le-champ et te rappelle... Au revoir.

Après avoir raccroché, elle revint à Claire, ses traits délicatement modelés teintés d'un vague souci :

— C'est le bal de la NWL, tu sais, la Negro Welfare League[1]. Je fais partie du comité organisateur, ou plutôt je *suis* le comité à moi toute seule. Le Ciel soit loué, ça a lieu demain soir et ça ne se reproduira pas avant un an. J'allais devenir folle ! Et maintenant il faut que je persuade quelqu'un d'échanger sa loge avec moi.

— Ce n'était pas Hugh Wentworth ? *le* fameux Hugh Wentworth ?

Irène inclina la tête. Un minuscule sourire de triomphe flottait à présent sur son visage.

— Oui, *le* fameux Hugh Wentworth. Tu le connais ?

— Non, comment le connaîtrais-je ? Mais j'ai entendu parler de lui. Et j'ai lu un ou deux de ses livres.

1. Organisation imaginaire parodiant la NAACP (National Association for the Advancement of Coloured People), célèbre association militante fondée en 1909, œuvrant pour la promotion des droits civiques et humains des « personnes de couleur » aux États-Unis. *(NdT)*

— Excellents, n'est-ce pas ?

— Hum, oui, j'imagine. Je les ai trouvés un peu dédaigneux. Comme s'il méprisait plus ou moins toute chose et tout le monde.

— Je ne serais nullement surprise que ce soit le cas. Il en a gagné le droit, en quelque sorte. Il a vécu à la lisière de nulle part sur trois continents au moins. Traversé tous les dangers dans divers endroits sauvages. Rien d'étonnant à ce qu'il nous tienne pour des enfants paresseux et gâtés. Mais Hugh est adorable, aussi généreux que l'un des douze disciples : il te donnerait sa chemise. Bianca – sa femme – est sympathique, elle aussi.

— Et il vient jusqu'ici à ton bal ?

Irène lui demanda ce que cela avait de surprenant.

— Ça paraît curieux, pour un homme comme lui, d'aller à un bal nègre.

On était, lui rappela Irène, en 1927 dans la ville de New York et des centaines de Blancs dans le genre de Hugh Wentworth venaient à Harlem pour s'amuser, toujours plus nombreux. Si nombreux que Brian avait déclaré : « Très bientôt, les gens de couleur ne seront plus admis du tout ou devront s'installer dans des zones réservées. »

— Pourquoi viennent-ils ici ?

— Pour la même raison que toi, pour voir des nègres.

— Mais pourquoi ?

— Différentes motivations, expliqua Irène. Un petit nombre viennent purement et simplement prendre du bon temps. D'autres pour trouver un matériau à transformer en fric. D'autres, plus nombreux, pour regarder ces grands et moins grands qui regardent les nègres.

Claire tapa dans ses mains :

— Reine, et si je venais moi aussi ! Ça a l'air si intéressant et amusant. Je ne vois pas ce qui m'en empêcherait.

Irène, qui la regardait entre ses paupières à demi fermées, fut effleurée par la pensée qu'elle avait eue deux ans plus tôt sur le toit du Drayton : Claire Kendry était vraiment un peu trop belle. C'est d'une voix teintée d'ironie qu'elle répondit :

— Tu veux dire parce que tant d'autres Blancs viendront ?

Les joues d'ivoire de Claire se colorèrent de rose pâle. Elle leva la main en signe de protestation :

— Ne sois pas absurde ! Certainement pas ! Je veux dire qu'on ne me remarquerait pas dans ce genre de foule.

Irène était d'un avis exactement contraire. Cela pourrait être doublement dangereux. Un ami ou une relation de John Bellew ou d'elle-même pourrait l'apercevoir et la reconnaître.

Claire eut un long rire, des petites roulades musicales qui s'enfilaient les unes derrière les autres. Apparemment, l'idée que n'importe quel ami de John Bellew pût se rendre à un bal nègre était la chose la plus drôle du monde à ses yeux.

— Je ne crois pas, dit-elle enfin, que nous devions nous inquiéter de cela.

Or Irène en était moins certaine. Mais tous ses efforts pour dissuader sa visiteuse restèrent vains. À son interjection « Tu ne sais jamais qui tu risques de rencontrer », Claire répondait : « Je parie que je m'en sortirai. »

— En plus, tu ne connaîtras personne et je serai trop affairée pour m'occuper de toi. Tu vas t'ennuyer ferme.

— Mais non, mais non. Si personne ne m'invite à danser, pas même le Dr Redfield, je me contenterai de rester assise à regarder les grands et les presque grands, moi aussi. Je t'en prie, Reine, sois polie et invite-moi.

Celle-ci se détourna du sourire caressant de Claire pour répondre aussitôt, d'un ton ferme :

— Je ne le ferai pas.

— J'ai bien l'intention d'y aller, de toute façon, répliqua Claire d'une voix tout aussi décidée.

— Oh non. Il est absolument impossible que tu y ailles seule. C'est un événement public. Toutes sortes de gens viennent, tous ceux qui peuvent verser un dollar, y compris des dames de petite vertu qui partent en chasse. Si tu y allais seule, on te prendrait pour l'une d'elles, ce qui pourrait être assez désagréable.

Claire rit à nouveau.

— Merci. Ça ne m'est jamais arrivé. Ça serait peut-être amusant. Je te préviens, Reine, si tu n'as pas l'intention d'être sympathique et de m'y emmener, je n'en serai pas moins là. Je pense que mon dollar est aussi acceptable que celui de n'importe qui.

— Oh, le dollar ! Ne sois pas grotesque, Claire ! Peu m'importe où tu vas, ce que tu fais ! Tout ce qui me préoccupe, c'est le désagrément et le danger éventuel que ta venue pourrait susciter, du fait de ta situation. Pour te le dire franchement, je n'aimerais pas être mêlée à la moindre querelle de ce type.

Elle s'était relevée, ce disant, pour réarranger les petits chrysanthèmes dans leur pot de pierre grise posé sur le rebord de la fenêtre. Ses mains tremblaient légèrement parce qu'elle éprouvait une colère mêlée d'impatience et d'exaspération.

Le visage de Claire était bizarre, comme à nouveau au bord des larmes. L'un de ses pieds chaussés de satin se balançait sans arrêt. Elle s'exclama, avec véhémence, presque avec violence :

— Au diable Jack ! Il me coupe de tout. De tout ce que je veux. Je pourrais le tuer ! J'imagine que c'est ce qui se passera, un jour.

— Je ne le ferais pas, à ta place. Tu sais, la peine capitale existe encore, du moins dans cet État. Et vraiment, Claire, tout bien réfléchi, je ne crois pas que tu puisses rejeter toute la faute sur lui. Il faut admettre qu'il a ses raisons. Puisque tu ne lui as pas révélé ton origine, il ne peut connaître ton goût des Noirs ni savoir que cela te rend folle de les entendre traiter de « négros » ou de « diables noirs ». Pour autant que je sache, tu devras supporter certaines choses et renoncer à d'autres. Nous l'avons déjà dit, tout se paie un jour. Je t'en prie, sois raisonnable.

Mais il était clair que sa visiteuse avait jeté toute raison et toute prudence au vent.

— Je ne peux pas, je ne peux pas, répétait-elle en secouant la tête. Si je le pouvais, je le ferais, mais je ne peux pas. Tu ne sais pas, tu ne peux pas comprendre à quel point je veux voir des Noirs, les fréquenter de nouveau, leur parler, les entendre rire.

Dans le regard qu'elle adressa à Irène, il y avait quelque chose d'hésitant, de désespéré, et en même temps de si déterminé qu'on eût dit le reflet de l'introspection futile et de la ferme résolution de l'âme même d'Irène, qui décuplait son sentiment de doute et de remords au sujet de Claire Kendry.

Elle céda.

— Oh viens, si tu veux. Je suppose que tu as raison. Pour une fois, ça ne peut pas te nuire tant que ça.

Repoussant les remerciements extravagants de Claire – car elle regretta aussitôt d'avoir consenti –, elle déclara sèchement :

— Veux-tu monter faire la connaissance de mes garçons ?

— J'en serais ravie.

Elles empruntèrent l'escalier. Irène songeait que son mari jugerait qu'elle s'était comportée comme une sotte sans colonne vertébrale. Et il aurait raison. C'était certainement ce qu'elle avait fait.

Claire souriait. Elle se tenait dans l'embrasure de la salle de jeux, baissait ses yeux ombreux sur Junior et Ted qui avaient cessé de se chamailler. Le visage du premier était empreint d'un curieux ressentiment. Celui de Ted était inexpressif. Claire prit la parole :

— Je vous en prie, ne m'en veuillez pas. Je sais que je viens de tout interrompre. Mais peut-être que, si je promets de ne pas trop vous gêner, vous me laisserez entrer, malgré tout.

— Bien sûr, entrez si vous voulez, répondit Ted. On ne peut pas vous en empêcher, vous savez.

En souriant, il fit une petite révérence puis se tourna vers l'étagère où étaient rangés ses livres préférés. Il en prit un, s'installa dans un fauteuil et se mit à lire.

Junior ne disait ni ne faisait rien, se contentait de rester là, à attendre.

— Allons, lève-toi, Ted ! C'est malpoli. Voici Théodore, Mme Bellew. Excuse ses vilaines manières. Il sait pourtant se conduire autrement. Et voici Brian junior. Mme Bellew est une vieille amie de maman. Nous avions coutume de jouer ensemble quand nous étions des petites filles.

◊

Claire était partie et Brian avait téléphoné qu'il aurait du retard : il dînerait en ville. Irène en était assez satisfaite. Elle devait sortir plus tard elle-même, ce qui signifiait qu'elle ne reverrait probablement son mari qu'au matin, ce qui retarderait d'autant l'évocation de Claire et du bal de la NWL.

Elle s'en voulait et en voulait à Claire. Davantage à elle-même, d'avoir laissé Claire, à force de harcèlement, l'obliger à faire une chose que son mari Brian lui avait quasiment interdite. Elle ne souhaitait pas le froisser, pas maintenant, pas au moment où il était la proie de cette agitation déraisonnable.

Elle était également contrariée parce qu'elle se rendait compte qu'elle avait consenti à quelque chose qui, si elle allait au-delà du bal, l'obligerait à de nombreux petits désagréments, à bien des faux-semblants. Et pas seulement sous son toit, avec Brian, mais à l'extérieur, auprès de ses amis et de ses relations. Les éventualités déplaisantes liées à la présence de Claire Kendry parmi eux se présentaient à sa pensée, aussi innombrables qu'irritantes.

Apparemment, Claire restait capable d'obtenir ce qu'elle voulait au nez de toute opposition, avec la plus grande indifférence pour la commodité et les souhaits d'autrui. Elle recelait une qualité, dure et permanente, solide et résistante comme la pierre, qui refusait d'être vaincue ou ignorée. Comment aurait-elle pu avoir une vie entièrement sereine ? pensa Irène. Pas avec ce secret obscur éternellement tapi au fond de sa conscience. Et pourtant, elle n'avait pas la mine de celle dont l'existence a été marquée par l'incertitude ou la souffrance. La douleur, la peur et le chagrin sont des choses qui déposent leurs empreintes sur les êtres. L'amour lui-même, cette émotion, cette torture exquise, laisse ses subtils vestiges sur une physionomie.

Mais Claire, elle, était presque restée ce qu'elle avait toujours été, une enfant séduisante, un peu solitaire – égoïste, obstinée, troublante.

III

Les souvenirs qu'Irène Redfield conserva par la suite du bal de la Negro Welfare League lui paraissaient sans importance et décousus.

Elle se rappelait le sourire pas tout à fait moqueur dont Brian habilla son dépit quand elle l'informa – oh ! avec un luxe d'excuses – qu'elle avait promis d'amener Claire et quand elle lui relata leur conversation.

Elle se rappelait sa propre petite exclamation admirative, étouffée, quand, descendant avec quelques minutes de retard, elle était entrée en hâte au salon pour trouver Brian et Claire qui l'attendaient. Claire, exquise, dorée, parfumée, ondoyante dans une robe majestueuse de taffetas noir brillant, dont les plis amples, longs et gracieux tombaient sur ses minces pieds dorés ; sa chevelure scintillante ramenée en un petit chignon souple à la base de la nuque ; ses yeux étincelants comme de sombres bijoux. Irène, dans sa nouvelle robe de mousseline de soie rosâtre qui s'arrêtait aux genoux, se sentit vieillotte et ordinaire. Elle regretta de n'avoir pas suggéré à Claire de porter quelque chose de passe-partout. Qu'allait donc penser Brian de cette provocation délibérée ? Mais si l'aspect de Claire Kendry avait quoi que ce fût d'agaçant ou de déplaisant aux yeux de son mari, Irène n'en discernait rien. Elle restait là, mal à l'aise et coupable, à le regarder, tandis que Claire expliquait qu'ils s'étaient présentés tous seuls, en accompagnant ses propos d'un petit sourire de déférence à l'égard de Brian qui le lui retourna, amusé, légèrement moqueur.

Elle se rappelait que Claire avait déclaré, alors qu'ils filaient vers le nord : « Tu sais, j'éprouve exactement ce que j'éprouvais jadis, le dimanche, quand nous allions à l'arbre de Noël. Je savais qu'une surprise m'attendait sans pouvoir vraiment deviner de quoi il s'agissait. Je suis *si* excitée ! Tu n'imagines pas ! C'est merveilleux d'être en route pour de bon ! J'ai du mal à le croire ! »

Ses propos, son intonation firent se dresser une vague glacée de mépris chez Irène. Que de superlatifs !

— Eh bien, il se peut que tu sois surprise, à certains égards, probablement plus que tu ne l'imagines, dit-elle en veillant à user d'un ton indifférent.

Brian, au volant, avait répliqué :

— Mais il se peut aussi qu'elle ne soit pas si surprise que cela, car ça ressemblera sans doute à ce qu'elle attend. Comme l'arbre de Noël.

Elle se rappelait avoir couru çà et là, consulté tel ou tel, en saisissant de temps en temps une bribe de danse avec un cavalier dont elle appréciait particulièrement les talents.

Elle se rappelait avoir entraperçu Claire dans la foule virevoltante, en train de danser, parfois avec un Blanc, plus souvent avec un Noir, fréquemment avec Brian. Irène était heureuse que ce dernier fût gentil avec elle, heureuse aussi qu'elle pût découvrir que certains hommes de couleur étaient supérieurs à certains Blancs.

Elle se rappelait une conversation qu'elle avait eue avec Hugh Wentworth durant une demi-heure de liberté lorsqu'elle s'était laissée tomber sur une chaise dans une loge vide pour laisser son regard errer sur la foule chamarrée, en contrebas.

Des jeunes gens, des vieilles gens, des Blancs, des Noirs ; des jeunes femmes, des femmes mûres, des roses, des dorées ; des gros, des minces, des grands, des trapus ; des femmes fortes, des graciles, des imposantes et des petites passaient sous ses yeux. Une vieille comptine lui revint à l'esprit. Elle se tourna vers Wentworth qui venait de s'installer à côté d'elle et récita :

Riche, sans le sou,
Mendiant, voleur,
Avocat, docteur,
Chef sioux !

— Oui, fit-il, c'est ça. Tout le monde est là, on dirait, et même davantage. Mais ce que j'essaie de déterminer, c'est le nom, le statut, la race de la beauté blonde sortie d'un conte de fées. Elle danse avec Ralph Hazelton en ce moment. Une belle étude de contrastes.

En effet. Claire, blonde et dorée, comme un jour de soleil. Hazelton sombre, les yeux luisants, comme une nuit de clair de lune.

— C'est une fille que j'ai connue jadis à Chicago. Elle voulait tout particulièrement te connaître.

— Follement gentil de sa part. Mais à présent, hélas, l'inévitable s'est produit. Tous ces bonshommes – heu – ces « messieurs de couleur » ont chassé le vulgaire Viking de son esprit.

— Quelle blague !

— C'est un fait et cela concerne toutes les dames de ma race supérieure qu'on a attirées ici. Regarde Bianca. Ai-je pu l'apercevoir ce soir, sinon par instants, tournoyant au bras de quelque Éthiopien ?

— Enfin Hugh ! il te faut admettre que l'homme de couleur moyen danse mieux que le Blanc moyen – si du moins les personnalités et les provinciaux venus ici sont de bons exemples de la blanche Terpsichore.

— Faute d'avoir guinché avec aucun de ces messieurs, je ne suis pas en mesure d'en discuter. Mais je ne crois pas que ce soit la seule raison. Il y a autre chose, une autre attirance. Elles sont toujours folles de la beauté d'un Noir, de préférence inhabituellement sombre. Prends ce Hazelton, par exemple. Des douzaines de femmes l'ont jugé d'une beauté fascinante. Et toi, Irène ? Considères-tu qu'il est – heu – d'une beauté confondante ?

— Pas du tout ! Et je ne pense pas que les autres le croient non plus. Pas sincèrement. Je pense que ce qu'elles ressentent, c'est... une sorte d'excitation. Tu sais, ce qu'on ressent en présence d'un je-ne-sais-quoi d'étrange, voire d'un peu répugnant ; un je-ne-sais-quoi de si différent qu'il se situe à l'extrémité opposée de toutes les notions habituelles de beauté.

— Du diable si tu n'as pas à moitié raison !

— Je suis certaine d'avoir tout à fait raison. Sauf, bien sûr, quand il ne s'agit que d'une gentillesse condescendante de leur part. Et je connais des filles de couleur qui ont vécu la même chose - en sens inverse, évidemment.

— Et les hommes ? Tu ne partages pas l'opinion générale sur la raison de leur présence ici ? De purs et simples prédateurs, selon toi ?

— Non ; il s'agit davantage de curiosité, je pense.

Wentworth, dont les yeux étaient couleur d'ambre fumé, lui décocha un long regard scrutateur, presque médusé.

— Tout ceci est follement intéressant, Irène. Il nous faudra en reparler bientôt. Il y a ton amie de Chicago - c'est sa première visite ici et tout ça. C'est un bon exemple.

Le sourire d'Irène souleva à peine les commissures de ses lèvres rouges. Une allumette flambait dans les larges mains de son interlocuteur avec laquelle il alluma sa cigarette et la sienne ; elle s'éteignit avant qu'il ne s'enquière :

— Ou n'en est-ce pas un ?

Son sourire se mua en rire.

— Oh, Hugh ! Tu es si intelligent. Tu devines tout, la plupart du temps. Y compris comment distinguer les moutons des chèvres. Qu'en penses-tu, alors ? Est-elle un exemple ?

Il lâcha un grand rond de fumée méditatif.

— Du diable si je le sais ! Je serai absolument certain d'avoir trouvé la faille révélatrice et puis, une minute plus tard, je m'apercevrai que je ne peux détecter certains d'entre eux, dût ma vie en dépendre.

— Bon, que cela ne t'inquiète pas. Personne ne peut y arriver. Pas par un simple regard.

— Pas par un simple regard, hein ? Mais encore ?

— J'ai bien peur de ne pas pouvoir t'expliquer. Pas clairement. Il y a des méthodes. Mais elles ne sont ni précises ni tangibles.

— Le sentiment d'appartenance partagée, quelque chose de ce genre ?

— Dieu du Ciel, non ! Personne ne ressent cela, sinon pour ses beaux-parents.

— Très juste, là encore ! Mais continue à propos des moutons et des chèvres.

— Eh bien, prenons ma propre expérience avec Dorothy Thomkins. Je l'avais rencontrée quatre ou cinq fois, dans des groupes ou parmi quantités de gens, avant de découvrir qu'elle n'était pas noire. Un jour, je suis allée à un thé affreux, terriblement prétentieux. Elle s'y trouvait. Nous avons lié conversation. En moins de cinq minutes, j'avais compris qu'elle était une « fausse Blanche ». Pas à cause de ce qu'elle avait fait ou dit, ou d'un détail de son aspect. C'était juste – juste quelque chose. Quelque chose qu'on ne pouvait identifier.

— Oui, je comprends ce que tu veux dire. Pourtant, quantité de gens « passent » sans arrêt.

— Pas dans notre sens, Hugh. Il est facile à un Noir de « passer » pour blanc. Mais je ne crois pas qu'il serait aussi facile à un Blanc de « passer » pour une personne de couleur.

— Je n'y avais jamais pensé.

— Non, bien sûr. Pourquoi l'envisagerais-tu ?

Il la regarda d'un air soupçonneux derrière un voile de fumée.

— Tu te moques de moi, Irène ?

Elle répondit calmement :

— Pas de toi, Hugh. Je t'aime trop pour cela. Et tu es trop sincère.

Et elle se rappelait que, vers la fin du bal, Brian était venu la trouver pour dire : « Je vais te déposer d'abord et puis je reconduirai Claire. » Et qu'il avait mis en cause sa discrétion quand elle lui avait expliqué qu'il n'aurait pas à se tracasser parce qu'elle avait déjà demandé à Bianca Wentworth de ramener Claire. Croyait-elle qu'elle ait eu raison, avait-il demandé, de parler d'elle aux Wentworth ?

— Je ne leur ai rien dit, répliqua-t-elle sèchement (car elle était affreusement fatiguée), sinon qu'elle est descendue au Walsingham. C'est sur leur chemin. Et vraiment, je n'ai pas pensé une seconde à la sagesse de cette requête, mais maintenant que j'y pense, je dirais que ça vaut beaucoup mieux qu'ils la déposent plutôt que toi.

— Comme tu voudras. C'est ton amie, tu sais, avait-il répondu en haussant des épaules indifférentes.

Mis à part ces quelques épisodes épars, le bal s'évanouit dans un souvenir indistinct, ses caractéristiques se mêlant à celles d'autres bals du même type auxquels elle avait assisté dans le passé, auxquels elle se rendrait à l'avenir.

IV

Malgré son caractère indistinct, ce bal n'en avait pas moins été important. Il marquait le début d'un nouveau facteur dans l'existence d'Irène Redfield, quelque chose qui laissa sa trace dans toutes les années suivantes. Il scella le début d'une nouvelle amitié avec Claire Kendry.

Elle leur rendit souvent visite après cela. Toujours avec une joie touchante qui s'accumulait puis débordait sur toute leur maisonnée. Pourtant, Irène n'était jamais certaine que ses visites fussent un plaisir ou une contrariété.

Assurément, Claire n'était pas une gêne. Il n'était pas nécessaire de la distraire, ni même de remarquer sa présence – à supposer qu'on pût éviter de la remarquer. Irène était-elle sortie ou occupée, Claire était ravie de s'amuser avec Ted et Junior qui avaient conçu pour elle une admiration confinant à l'adoration, en particulier Ted. Si les garçons n'étaient pas là, elle descendait à la cuisine et – avec un puéril manque de perspicacité qui exaspérait Irène – elle passait sa visite à bavarder et à plaisanter avec Zulena et Sadie.

Irène, qui s'offensait secrètement de ces incursions dans la salle de jeux et dans la cuisine, pour une raison obscure qu'elle se refusait à formuler, ne pria jamais Claire d'y mettre un terme, pas plus qu'elle ne laissa entendre que Claire n'aurait pas gâté si éhontément sa propre petite fille, Margery, ni été aussi amicale avec des domestiques blancs.

Brian considérait tout cela avec la tolérance amusée qui teintait tous ses rapports avec Claire. Depuis sa surprise légèrement ironique quand sa femme lui avait appris qu'elle les accompagnerait au bal, il n'avait plus jamais montré qu'il désapprouvât la présence de Claire. D'un autre côté, on n'aurait pu dire que sa présence semblât lui plaire. Elle ne l'ennuyait ni ne le dérangeait, pour autant qu'Irène pût en juger. C'était tout.

Ne trouvait-il pas Claire extraordinairement belle ? lui demanda un jour sa femme.

— Non, avait-il répondu. Pas particulièrement.

— Brian, tu dis n'importe quoi.

— Non, sincèrement. Je suis peut-être difficile. Je suppose qu'elle ferait une Blanche inhabituellement superbe. Mais j'aime les femmes plus sombres. À côté d'une Noire de premier ordre, elle ne fait tout simplement pas le poids.

Claire se rendait, parfois avec eux, à des fêtes et des bals, et il était arrivé, quand Irène n'avait pu ou voulu sortir, qu'elle accompagne seule Brian à un bridge ou à un bal de charité.

De temps en temps, elle venait dîner, formellement invitée. Toutefois, malgré son aplomb et son air mondain, elle ne faisait pas une convive idéale. Mis à part le plaisir esthétique qu'on avait à la regarder, elle contribuait peu à la conversation, restait muette la plupart du temps, et un regard curieusement rêveur habitait ses yeux hypnotiques. Mais elle pouvait, quand elle le voulait – pour s'agréger à un groupe allant au cabaret ou pour être invitée à un bal ou un thé – parler abondamment et de façon charmante.

On l'aimait, en général. Elle était si amicale, si réactive, si prête à répandre la douce flatterie sur tous. Et elle ne détestait pas avoir l'air un peu malheureuse, éprouvée, de manière à susciter la compassion d'autrui. Quelle que fût la fréquence de ses visites, elle restait à part, un peu mystérieuse et bizarre, une personne qui pouvait intriguer, qu'on pouvait admirer et plaindre.

Ses visites étaient imprévisibles, incertaines, car elles dépendaient de la présence de son mari en ville. Mais elle parvenait, de temps en temps, à passer l'après-midi à Harlem même quand il était là. Avec le temps, tout danger de révélation semblant écarté, Irène elle-même cessa de s'inquiéter à l'idée que le mari de Claire découvre par hasard son identité raciale.

Sa fille, Margery, se trouvait à l'école en Suisse, où Claire et Bellew retourneraient au début du printemps. En mars, prévoyait Claire. « Et combien l'idée me fait horreur ! », répétait-elle, en laissant toujours entendre qu'elle contenait sa révolte. « Mais je ne vois pas comment je m'en sortirais. Jack refuse de me laisser ici.

Si seulement je pouvais profiter de deux mois supplémentaires à New York, toute seule, je serais la femme la plus heureuse du monde. »

— Allons, j'imagine que tu seras assez heureuse, une fois partie, lui dit Irène un jour qu'elle déplorait encore son départ imminent. Pense à Margery. Pense à ta joie de la revoir après tout ce temps.

— Les enfants ne sont pas tout, avait répondu Claire Kendry. Le monde offre autre chose, même si je reconnais que certains ne semblent pas s'en apercevoir.

Et elle s'était mise à rire, davantage de quelque plaisanterie secrète que des mots tout juste prononcés, semblait-il.

— Tu sais bien que tu ne penses pas ce que tu dis, Claire. Tu essaies juste de me taquiner. Je sais très bien que je prends au sérieux mon rôle de mère. Je *suis* absorbée par mes garçons et la marche de la maison. Je ne peux m'en empêcher. Et je ne crois pas, sincèrement, qu'il y ait là quoi que ce soit de risible.

Elle était consciente de la légère raideur de ses propos et de son attitude, mais elle ne pouvait ni ne souhaitait la gommer.

Claire, soudain adoucie, déclara d'un ton grave :

— Tu as raison. Ce n'est pas drôle. Je devrais avoir honte de te taquiner, Reine. Tu es si gentille.

Elle avait saisi la main d'Irène et la serrait affectueusement.

— Ne crois pas, quoi qu'il arrive, que j'oublierai jamais combien tu as été gentille avec moi.

— Sottise !

— Oh, mais si, mais si. Le problème, c'est que je n'ai aucun sentiment moral ou de devoir – au contraire de toi – pour agir comme je le fais.

— Voilà que tu dis n'importe quoi.

— Mais c'est vrai, Reine. Ne vois-tu pas que je ne te ressemble pas du tout ? Quoi, pour obtenir ce que je désire éperdument, je ferais n'importe quoi, je blesserais n'importe qui, ravagerais tout. Je t'assure, Reine, je suis dangereuse.

Sa voix comme l'expression de son visage exprimaient une sincérité implorante qui mirent Irène vaguement mal à l'aise.

— Je n'en crois pas un mot. Pour commencer, ce que tu dis est si absolument, si perversement faux. Et quant au fait que tu te débarrasses des choses...

Elle s'interrompit, faute de trouver un terme acceptable pour traduire son opinion de la nature de Claire – comment elle savait « s'y prendre ».

Mais celle-ci s'était mise à pleurer, très visiblement, sans faire aucun effort pour se retenir et sans qu'Irène pût en découvrir la raison.

TROISIÈME PARTIE

FINALE

I

L'année tirait à sa fin. Octobre, puis novembre étaient passés. Décembre avait amené un peu de neige, suivie de gel et d'un dégel accompagné de quelques journées douces et agréables respirant un peu le printemps.

Ce temps caressant n'avait rien pour évoquer Noël, se disait Irène Redfield en quittant la Septième Avenue pour arriver dans sa rue. Elle n'aimait pas qu'il fît chaud ou printanier alors qu'il aurait dû faire froid, sec, ou gris et nuageux comme si la neige s'apprêtait à tomber. Le temps, comme les gens, devait adopter l'esprit de la saison. À présent, on avait presque atteint les fêtes, et les rues qu'elle venait de parcourir étaient sillonnées de ruisseaux d'eau boueuse et le soleil brillait si chaudement que les enfants avaient ôté bonnets et cache-cols. Il faisait aussi doux que possible en avril. Un temps de Pâques. Certainement pas de Noël.

Mais elle devait reconnaître aussi, à contrecœur, qu'elle ne se sentait pas, cette année, dans les vrais sentiments de Noël. On n'y pouvait rien, pas plus qu'au temps. Elle était lasse et déprimée. Malgré tous ses efforts, elle ne pouvait s'affranchir de cette tristesse morne, imprécise, qui s'était emparée d'elle avec une ténacité croissante. Son errance sans but dans les rues grouillantes de Harlem, bien après avoir commandé les fleurs qui avaient fourni le prétexte de sa sortie, était une nouvelle tentative pour s'en dépêtrer.

Elle gravit les marches de pierre crème, entra dans la maison, descendit à la cuisine. Des gens devaient venir prendre le thé. Quelques mots avec Sadie et Zulena lui apprirent que tout était en ordre. Elle en fut reconnaissante. Elle ne voulait pas être dérangée. Elle monta, se déshabilla et se mit au lit.

« Quelle barbe, ces gens qui viennent prendre le thé ! », songeait-elle. « Si seulement je pouvais être certaine qu'il s'agit seulement du Brésil, au fond. »

« Quoi qu'il en soit, si seulement je savais ce que c'est, je pourrais le gérer. »

Brian, encore une fois. Malheureux, agité, taciturne. Elle qui s'était flattée de connaître ses humeurs, leurs causes et leurs remèdes, avait d'abord trouvé impensable, puis intolérable que ce nouvel accès, si semblable à ses autres agitations convulsives et pourtant si dissemblable, lui demeure incompréhensible, évanescent.

Il était agité et ne l'était pas. Il était mécontent et pourtant il y avait des moments où elle avait l'impression qu'il était pénétré d'une satisfaction intense et secrète, comme un chat qui aurait volé la crème. Il était irritable avec les enfants, en particulier Junior, car Ted, qui semblait percevoir, mystérieusement, les mauvaises périodes de son père, veillait à l'éviter le plus possible. Ils lui portaient sur les nerfs, provoquaient de violents accès d'humeur, très différents de ses remarques habituelles, de ses doux sarcasmes qui reflétaient l'idée de la discipline qu'il entendait leur inculquer. D'un autre côté, avec elle, il se montrait plus délicat et réservé que d'habitude. Cela faisait des semaines qu'elle n'avait plus senti le tranchant acéré de son ironie.

Il était comme un homme aux aguets, attendant son heure. Mais qu'attendait-il ? N'était-il pas singulier qu'après toutes ces années de perspicacité, elle n'eût plus le talent de découvrir ce que signifiait cette apparente attente ? Savoir qu'en dépit de toute sa surveillance, toute son étude patiente, la raison de ses humeurs continuait de lui échapper l'emplissait d'appréhension, de terreur. Sa réserve précautionneuse lui semblait injuste, cruelle et alarmante. On eût dit qu'il s'était écarté, hors de son atteinte, dans quelque quartier inconnu et fortifié.

Elle ferma les yeux, en se disant que ce serait une bénédiction si elle pouvait dormir un peu avant que les enfants ne rentrent de l'école. Elle en était bien sûr incapable, en dépit de son extrême fatigue, après tant de nuits d'insomnie. Des nuits remplies d'interrogations et de prémonitions.

Mais elle finit par dormir – plusieurs heures.

Au réveil, elle découvrit Brian debout à son chevet, qui la regardait avec une expression insondable.

— Je dois m'être endormie.

Elle vit passer sur son visage l'ombre rapide de son ancien sourire amusé.

— Il sera bientôt quatre heures, lui dit-il, ce qui voulait dire, elle le savait, qu'elle serait à nouveau en retard.

Elle refoula la réplique qui lui montait aux lèvres et déclara :

— Je me lève. C'est gentil à toi d'avoir pensé à m'appeler.

Elle se redressa.

— Je suis un mari modèle, fit-il en s'inclinant.

— Oui. Dieu merci, tout est prêt.

— Sauf toi. Oh, Claire est en bas.

— Claire ! Quel ennui ! Je ne l'avais pas invitée, exprès.

— Je vois. Un homme tout simple peut-il savoir pourquoi ? Ou la raison en est-elle si subtile et féminine qu'il ne la comprendrait pas ?

Un peu de son sourire était revenu. Irène, qui sentait s'évanouir sa dépression sous cette taquinerie habituelle, lui dit, presque gaiement :

— Pas du tout. Il se trouve seulement que cette réception est dédiée à Hugh et qu'il se trouve ne pas goûter beaucoup Claire ; en conséquence, moi qui me trouve être l'hôtesse, je me suis permis ne pas l'inviter. Rien de plus simple, non ?

— Rien. C'est si simple que je peux aller au-delà de ton explication et supposer que Claire n'a probablement jamais témoigné à Hugh l'admiration attentive qu'il juge lui être naturellement due. C'est la chose la plus simple du monde.

Irène s'exclama, stupéfaite.

— Quoi ! Je croyais que tu aimais Hugh ! Ce n'est pas vrai, tu ne peux pas croire une chose aussi stupide !

— Eh bien, Hugh se prend vraiment pour Dieu, tu sais.

— C'est absolument faux, déclara Irène en quittant son lit. Il a une bien meilleure opinion de lui que ça, comme tu devrais le deviner, toi qui le connais et qui l'as lu ! Si tu te rappelais la piètre opinion qu'il a de Dieu, tu ne commettrais pas une erreur aussi stupide !

Elle passa dans sa garde-robe, déposa sa robe sur le dos d'une chaise et ses chaussures sur le sol à côté. Puis elle s'installa devant sa coiffeuse.

Brian ne disait mot. Il restait près du lit, semblant ne rien voir en particulier. Surtout pas elle. Ses yeux étaient posés sur elle, mais leur expression lui donnait l'impression de n'être rien de plus qu'une vitre à travers laquelle il regardait. Quoi ? Elle l'ignorait, ne pouvait deviner. Elle en était mal à l'aise. Blessée.

— Il se trouve simplement que Hugh préfère les femmes intelligentes, reprit-elle.

Sa remarque l'avait fait sursauter, de toute évidence.

— Tu veux dire que tu juges Claire stupide ? interrogea-t-il en levant des sourcils qui soulignaient son ton incrédule.

Elle essuya la crème hydratante sur son visage.

— Non, pas du tout. Elle n'est pas stupide. Elle est assez intelligente, dans un sens strictement féminin. La France du XVIIIe siècle lui aurait fourni un cadre merveilleux, ou le Sud traditionnel si elle n'avait commis la bêtise de naître noire.

— Je vois. Assez intelligente pour porter un corset étroit en obtenant de ses soupirants qu'ils se contentent de faire la révérence, de murmurer des compliments et de ramasser des éventails. Un joli tableau. J'ai quand même du mal à ne pas lui prêter une interprétation légèrement caustique.

— Eh bien, tout ce que je peux dire, c'est que tu interprètes mal. Personne n'admire Claire plus que moi, pour son intelligence, comme pour ses talents décoratifs. Mais elle n'est pas - elle n'est pas... elle n'a pas. Oh, je ne trouve pas les mots. Regarde Bianca, par exemple, ou pour s'en tenir à la race, Felise Freeland. La beauté *et* un cerveau. Une vraie intelligence qui peut tenir tête à n'importe qui. Claire a une certaine intelligence, de celles qui sont utiles. Elle aime prendre, tu sais. Mais elle pousserait un homme comme Hugh au suicide. Malgré tout, je n'aurais pas pensé que Claire elle-même serait venue à une soirée privée sans être invitée. Mais ça lui ressemble.

Pendant une minute, ils se turent. Elle termina l'arche rouge vif de ses lèvres charnues. Brian se dirigea vers la porte. Il posait la main sur le bouton.

— Je suis désolé, Irène. Tout est de ma faute. Elle semblait si blessée de n'avoir pas été invitée que je lui ai dit que tu devais avoir oublié et qu'elle n'avait qu'à venir.

— Mais Brian, je...

Elle s'interrompit, stupéfaite de la violente colère qui montait en elle.

Il se retourna vers elle, en sursautant, les sourcils levés de stupeur.

Elle se rendait compte que sa voix *était* bizarre. Mais elle sentait d'instinct que cela n'expliquait pas toute son attitude. Et ce petit raidissement des épaules. N'avait-il pas eu l'air d'un homme qui se prépare à recevoir un coup ? L'effroi qu'elle ressentait était une rapière écarlate de terreur plongeant dans son cœur.

Claire Kendry ! C'était donc ça ! Impossible. Ça ne se pouvait pas.

Dans la glace devant elle, elle vit qu'il continuait de la regarder avec cette légère stupéfaction. Elle baissa les yeux vers ses pots et ses bouteilles sur la table et se mit à tâtonner parmi eux, les mains légèrement tremblantes.

— Bien sûr, dit-elle en pesant ses mots. Je suis heureuse que tu l'aies fait. Et en dépit de mes remarques d'il y a un instant, Claire est toujours un ornement pour n'importe quelle réception. Elle est si agréable à regarder.

En relevant les yeux, elle vit que la surprise et l'appréhension avaient quitté son visage.

— Oui, convint-il. Eh bien, je suppose qu'il faut que j'y aille. L'un de nous deux doit être en bas.

— Tu as raison. L'un de nous doit y être.

Elle s'étonnait de parler de sa voix normale, alors que son cœur était broyé depuis que cette crainte morne, imprécise, s'était soudainement muée en panique atroce.

— Je serai descendue avant que tu n'aies le temps de t'en apercevoir.

— Très bien.

Mais il s'attardait encore :

— Tu es sûre ? Tu n'es pas irritée que je l'aie invitée ? Pas affreusement, je veux dire ? Je me rends compte que j'aurais dû te consulter. Chacun sait que les femmes ont de bonnes raisons pour tout.

Elle fit un petit effort pour le regarder, réussit à esquisser un mince sourire et se détourna. Claire ! C'était écœurant !

— N'est-ce pas ? dit-elle encore en tâchant de garder une voix indifférente.

Elle se sentait loin de tout sentiment, non qu'il fût absent, mais durement refoulé. Cette dureté grandissait, gonflait en elle. Pourquoi ne partait-il pas ? Pourquoi donc ?

Il ouvrait enfin la porte.

— Tu ne tarderas pas ? demanda-t-il, autoritaire.

Elle secoua la tête, incapable de parler, car un sanglot l'étouffait ; son esprit, comme sous un battement d'ailes, était plein de confusion. Elle entendit la porte se refermer doucement, derrière elle, derrière lui. Il était parti. Retrouver Claire.

Pendant une longue minute, elle resta assise, raide, contrainte. Le visage du miroir disparut à sa vue, effacé par ce qui avait si soudainement zébré son esprit affolé. Impossible qu'elle le formule tout de suite, lui donne un contour : poussée par un réflexe d'autoprotection, elle se refusait à l'exprimer.

Elle ferma ses yeux aveugles, serra les poings. Elle tentait de ne pas pleurer. Mais elle contractait les lèvres et nul effort ne pouvait réfréner les larmes chaudes de rage et de honte qui jaillissaient dans ses yeux, lui dévalaient les joues : elle enfouit son visage dans ses bras et pleura en silence.

Une fois certaine d'avoir fini de pleurer, elle essuya ses dernières larmes chaudes et se leva. Elle rafraîchit son visage tuméfié dans l'eau fraîche, s'aspergea soigneusement d'une giclée piquante d'eau de toilette, puis revint au miroir s'inspecter attentivement. Assurée qu'il ne restait plus de signe trahissant ses pleurs, elle poudra légèrement sa peau mate, puis l'examina à nouveau soigneusement, avec une sorte de mépris moqueur.

— Je trouve vraiment, confia-t-elle au miroir, que tu as été... oh !... une sacrée idiote, vraiment.

En bas, le rituel du thé lui permit de s'affairer, ce qui était une bénédiction. Elle n'avait aucun besoin de périodes d'oisiveté durant lesquelles son esprit reviendrait aussitôt à l'horreur qu'elle n'avait pas encore le courage d'affronter. Verser correctement, joliment le thé était une occupation exigeant attention et équilibre.

Dans la pièce voisine, l'horloge tinta. Une seule fois. Cinq heures quinze. Seulement ! Et pourtant, dans cette brève demi-heure, toute sa vie avait changé, perdu sa couleur, son éclat, tout son sens. Non, se dit-elle, ce n'était pas ce qui s'était produit. La vie, autour d'elle, continuait exactement comme avant.

— Oh, Mme Runyon, quel plaisir de vous voir... Deux ?... Vraiment ?... Fantastique !... Oui, je pense que mardi est parfait...

Oui, la vie continuait exactement comme avant. C'était elle, seulement, qui avait changé. Savoir, trébucher là-dessus, l'avait changée. Comme si, dans une maison longtemps obscure, on avait frotté une allumette qui révélait des formes atroces là où n'existaient auparavant qu'ombres imprécises.

Bavardage, bavardage, bavardage. Quelqu'un lui posa une question. Elle leva les yeux en souriant d'une manière un peu figée, se dit-elle.

— Oui... Brian l'a trouvé l'hiver dernier à Haïti. Très bizarre, n'est-ce pas ?... L'objet est assez beau dans sa hideur... Presque rien, je crois. Quelques centimes...

Hideux. Une grande lassitude s'abattit sur elle. Le simple effort de verser le thé d'or dans de fines tasses anciennes lui semblait presque insoutenable. Elle continuait à servir. Réédita son sourire. Répondit aux questions. Fabriqua la conversation. Elle se disait : « J'ai l'impression d'être la plus vieille personne du monde avec une éternité à vivre encore. »

— Joséphine Baker ?... Non, je ne l'ai jamais vue... Eh bien, elle était peut-être dans *Shuffle Along* quand je suis allée voir cette comédie musicale – si elle y était – mais je ne me souviens pas d'elle... Oh, mais tu te trompes !... Je suis persuadée qu'Ethel Waters est tout à fait remarquable.

On entendait les petits tintements habituels des cuillers contre les tasses graciles, le doux écoulement des propos décousus, ici et là ponctués de rires. Par petits groupes irréguliers, qui se désintégraient, s'agrégeaient, en émettant une note adéquate de dissonance, de désordre dans la grande pièce qu'Irène avait meublée avec une modération confinant à l'austérité, les invités évoluaient avec cette aisance familière qui fait le succès d'une réception. Sur le sol, sur les murs, le soleil couchant projetait de longues ombres surnaturelles.

Cela évoquait tant d'autres thés qu'elle avait donnés. Cela en différait tellement. Mais elle ne devait pas commencer à réfléchir, pas déjà. Il y aurait assez de temps pour cela, plus tard. Tout le temps du monde. Elle eut un éclair de révélation sur ce que ces mots pouvaient annoncer. Du temps avec Brian. Du temps sans lui. Il s'éteignit, laissant à sa place une envie presque incontrôlable de rire, de hurler, d'envoyer valdinguer les choses. Elle voulut, soudain, choquer les gens, les blesser, les obliger à la remarquer, à prendre conscience de sa souffrance.

— Bonjour Dave... Felise... Vraiment, tes toilettes causent le désespoir de la moitié des femmes de Harlem... Comment fais-tu ?... Superbe, est-ce du Worth, du Lanvin ?... Oh, Babani, tout simplement...

— Tout simplement, admit Felise Freeland. Allons, Irène, pense à autre chose, quelle que soit ton idée fixe. Tu as une tête de déterrée.

— Merci pour l'allusion, Felise. C'est vrai que je ne suis pas dans mon assiette. C'est le temps, je suppose.

— Achète-toi une nouvelle robe hors de prix, chère enfant. Ça aide toujours. Sitôt que fifille a le bourdon, la poche de Dave en subit les conséquences. Comment vont tes chers garçons ?

Les garçons ! Pour une fois, elle les avait oubliés.

Ils allaient, dit-elle à Felise, très bien. Felise marmonna un « merveilleux ! » puis annonça qu'il lui fallait bondir parce qu'elle voyait par miracle Mme Bellew assise toute seule ; elle avait tenté de lui parler en tête à tête tout l'après-midi. Elle voulait l'inviter à une soirée. N'était-elle pas éblouissante aujourd'hui ?

Elle l'était. Irène ne se rappelait pas l'avoir vue plus belle. Elle portait une robe brun cannelle d'une simplicité absolue qui faisait ressortir toute sa vive beauté, avec un petit chapeau doré. Autour de son cou coulait une rivière de perles d'ambre d'où on aurait facilement tiré six à huit colliers comme celui d'Irène. Oui, elle était éblouissante.

Les remous de la conversation continuaient. Le feu flambait. Les ombres s'étiraient davantage.

Hugh était de l'autre côté de la pièce. Irène espérait qu'il ne s'ennuyait pas trop. Il semblait comme d'habitude, un peu amusé, vaguement las. Comme toujours, il se tenait devant la bibliothèque. Mais il ne regardait pas – elle le voyait bien – le livre qu'il avait pris. Ses yeux d'ambre terne étaient retenus par quelque chose dans la pièce. Ils exprimaient un peu de mépris. Certes, Hugh ne s'était jamais soucié de Claire Kendry. Pendant une minute, Irène hésita, puis elle tourna la tête, bien qu'elle sût ce qui retenait le regard de Hugh : Claire, qui avait brusquement assombri sa vie. Brian, le père de Ted et de Junior.

Le visage ivoirin de Claire était tel qu'en lui-même, beau et caressant. Mais peut-être un peu masqué, ce jour-là. Ne révélant rien. Inaltéré et ne subissant aucune émotion, au-dedans ou au-dehors. Celui de Brian, aux yeux d'Irène, paraissait pitoyablement nu. Ou était-il lui aussi tel qu'il avait toujours été ? Cette expression à moitié effacée et implorante, l'avait-il toujours eue ? Bizarre qu'elle ne sache plus, ne puisse se rappeler. Puis elle le vit sourire, d'un sourire qui rendit son visage tout ardent et rayonnant. Mue par quelque pulsion intérieure de fidélité à elle-même, elle détourna le regard. Mais rien qu'un instant. Lorsqu'elle revint à eux, elle songea que son expression était la plus mélancolique et en même temps la plus sardonique qu'elle lui eût jamais vue.

Dans le quart d'heure qui suivit, elle avait promis sa présence à Bianca Wentworth dans la 62e Rue, à Jane Tenant à l'angle de la Septième Avenue et de la 150e Rue, ainsi qu'aux Dashield à Brooklyn pour le dîner, tous le même soir et presque à la même heure.

Quelle importance, après tout ? Elle avait l'esprit vide, à présent, et ne ressentait qu'une grande fatigue. Sous ses yeux las, Claire Kendry parlait à Dave Freeland. Des bribes de leur conversation, de la voix enrouée de Claire, flottaient autour d'elle : « ... vous ai toujours admiré... tant sur vous il y a longtemps... tout le monde le dit... il n'y a que vous... » Et davantage de la même farine. L'intéressé était suspendu à ses lèvres, bien qu'il fût marié à Felise Freeland et auteur de romans qui révélaient perspicacité et abondance d'ironie. Et il succombait à un tel galimatias ! Et tout cela parce qu'elle savait comment faire glisser ses paupières d'ivoire sur ses yeux d'une noirceur envoûtante avant de les relever brusquement en arborant un sourire caressant ! Les hommes comme Dave Freeland y succombaient. Et Brian.

Sa langueur mentale et physique s'estompait. Brian. Qu'est-ce que cela signifiait ? Comment cela les affecterait-il, elle et les garçons ? Les enfants ! Elle ressentit une vague de soulagement. Elle avança, se retira. Un sentiment d'inutilité absolue s'ensuivit. En vérité, elle ne comptait pas. Elle n'était pour lui que la mère de ses fils. C'était tout. Personnellement, elle n'était rien. Pis. Un obstacle.

La rage montait en elle.

On entendit un petit choc. Sur le sol, à ses pieds, la tasse gisait, fracassée. Des taches sombres parsemaient le tapis éclatant. S'étalaient. Le bavardage s'arrêta. Reprit. Devant elle, Zulena ramassait les débris de porcelaine blanche.

Comme de très loin, la voix précise de Hugh Wentworth lui parvint, bien qu'il fût, elle s'en rendait compte, assez miraculeusement tout près d'elle.

— Pardon, dit-il confus. J'ai dû te pousser. Si maladroit. Ne me dis pas qu'elle est sans prix et irremplaçable.

Ça faisait mal. Dieu du Ciel ! Comme ça faisait mal ! Mais elle ne pouvait penser à cela, maintenant. Pas avec Hugh qui restait à marmonner des excuses et des mensonges. Le sens de ses mots, l'acuité de son discernement éveillaient en elle un sentiment de prudence. Sa fierté se révoltait. Au diable Hugh ! Il allait falloir régler son cas. Tout de suite. Apparemment, on ne pouvait empêcher qu'il sache. Il était trop tard. Mais elle pouvait empêcher – et ferait en sorte d'empêcher – qu'il sache qu'elle savait. Elle pouvait le supporter, et elle le ferait. Il le faudrait. Il y avait les enfants. Tout son corps se raidit. En cet instant, elle vit qu'elle pouvait tout supporter, mais à condition que personne ne le sût. Cela l'effrayait, mais elle pouvait le supporter.

Elle se tourna vers Hugh. Secoua la tête. Elle leva des yeux innocents vers les siens, pâles et inquiets.

— Oh, non, protesta-t-elle, tu ne m'as pas poussée. Juré, craché, je vais te dire ce qui s'est passé.

— Accordé !

— Avais-tu remarqué cette tasse ? Eh bien, tu as de la chance. C'était l'objet le plus hideux que tes ancêtres, les charmants confédérés, aient jamais possédé. Je ne sais plus quand, combien de milliers d'années auparavant, elle appartenait à l'arrière-grand-oncle de Brian. Mais elle a – ou avait – une bonne vieille histoire vénérable. Elle fut apportée dans le Nord par le « chemin de fer souterrain ». Ou le métro, comme on dit en Angleterre. Là où je veux en venir, c'est que je n'avais jamais trouvé le moyen de m'en débarrasser jusqu'il y a cinq minutes. J'ai eu une inspiration. Il n'y avait qu'à la casser et j'en serais débarrassée à jamais. Si simple ! Et je n'y avais jamais songé !

Hugh hocha la tête et son sourire glacé s'épanouit sur ses traits. L'avait-elle convaincu ?

— Tout de même, poursuivit-elle avec un petit rire qui n'avait pas du tout l'air forcé, elle en était certaine – je suis toute prête à te voir assumer ta culpabilité et reconnaître que tu m'as poussée au mauvais moment. À quoi serviraient les amis s'ils ne nous aidaient à porter nos péchés ? Je ne manquerai pas de dire à Brian que tu es le responsable.

— Davantage de thé, Claire ?... Je n'ai pas passé une minute avec toi... Oui, c'est très réussi... Tu restes dîner, j'espère... Oh, quel dommage !... Je serai seule avec les enfants... Ils seront désolés. Brian a une réunion médicale ou je ne sais quoi... Quelle belle robe tu portes... Merci... Eh bien, au revoir ; j'espère te voir bientôt.

L'horloge sonna. Un, deux, trois, quatre, cinq, six. Était-il, pouvait-il n'être qu'un peu plus d'une heure depuis qu'elle était descendue pour ce thé ? Une petite heure.

— Devez-vous vraiment partir ?... Au revoir... Merci beaucoup... Si merveilleux de vous voir... Oui, mercredi... Mes amitiés à Madge... Désolée, mais je suis déjà prise mardi... Oh, vraiment ? Oui... Au revoir... Au revoir...

Ça faisait mal. Un mal d'enfer. Mais ça n'avait pas d'importance si personne ne savait. Si tout pouvait continuer comme avant. Si les enfants étaient en sécurité.

Ça faisait vraiment mal.

Mais ça n'avait pas d'importance.

II

Mais ça avait de l'importance. Plus d'importance que tout ce qui en avait eu auparavant.

Quelle amertume ! Que la seule peur, la seule incertitude qu'elle eût ressentie, l'aspiration douloureuse de Brian à se rendre ailleurs, ne soit plus qu'enfantillage ! Et du même coup, la qualité de courage et de résolution avec laquelle elle l'avait affrontée. Elle reculait effrayée devant les visions et les dangers à présent devinés. Elle ne pouvait leur opposer ni remède ni courage. Elle tenta désespérément de refouler l'information qui avait suscité ces tourments, qu'il lui était impossible de tempérer ou de calmer en elle. Et elle y réussit à moitié.

Car, raisonna-t-elle, qu'y avait-il, qu'y avait-il eu pour justifier qu'elle eût ne serait-ce qu'à moitié raison de faire cette déduction accablante ? Rien. Elle n'avait rien vu, rien entendu. Elle ne possédait ni faits ni preuves. Elle se rendait intolérablement malheureuse du fait d'un soupçon infondé. En l'occurrence, elle avait cherché les problèmes et les avait trouvés en quantité. Rien d'autre.

Se persuadant qu'elle ne détenait aucune vraie certitude, elle redoubla d'efforts pour bannir de son esprit la pensée déprimante de la foi et des engagements brisés que suscitait chaque évocation de Claire ou de Brian. Elle ne pouvait, elle refusait de revivre l'agonie déchirante qu'elle venait de traverser.

Elle devait être honnête, se dit-elle. Tout au long de leur vie commune, elle n'avait pas eu la plus petite raison de soupçonner son mari de la moindre infidélité, ni même d'un flirt sérieux. Si – et elle en doutait – il avait eu ses moments d'égarement à l'extérieur, elle n'en savait rien. Pourquoi se mettre à les imaginer, aujourd'hui ? Et pour rien de plus tangible qu'une idée qui lui était venue quand il lui avait appris avoir invité une amie, une de ses amies à elle, à une réception sous son toit. Et à un moment où elle était probablement plus endormie qu'éveillée. Comment pouvait-elle, sans que rien n'eût été fait ou dit, que rien ne restât à faire ou à dire, le croire aussi facilement coupable ? Comment pouvait-elle être si encline à abandonner toute confiance dans la valeur de leur vie commune ?

Et si, par hasard, il y avait un petit quelque chose – eh bien, qu'est-ce que cela pourrait signifier ? Rien. Il y avait les enfants. Il y avait John Bellew. Penser à ces trois-là lui procurait un léger soulagement. Mais elle ne regardait pas l'avenir en face. Elle ne voulait rien ressentir ni rien penser ; simplement croire que tout n'était qu'une stupide invention de sa part. Et pourtant, elle ne pouvait pas. Pas tout à fait.

◊

Noël, avec son irréalité, son hystérie, sa précipitation, sa fausse gaieté, arriva et s'en alla. Irène était heureuse de l'agitation brouillonne de cette période. Ce qu'elle avait de pénible, ses foules, ses répétitions vides et insincères de vœux la séparait de la contemplation de son malheur croissant.

Elle était également heureuse de l'absence prolongée de Claire qui s'était retirée dans son autre vie, distante et inaccessible, à la suite du retour de son mari, rentré d'un long séjour au Canada. Mais l'obsession bannie ne cessait de heurter les murs de ses pensées : bien qu'absente, Claire Kendry restait présente, trop proche.

Brian, lui aussi, s'était retiré. La maison contenait son enveloppe extérieure et ses possessions. Il allait et venait avec son irrégularité coutumière et silencieuse. Il s'asseyait face à elle de l'autre côté de la table. La nuit, il dormait dans la chambre voisine de la sienne. Mais il était lointain et inaccessible. Inutile de feindre qu'il était heureux, de faire comme si la situation était ce qu'elle avait toujours été. Il ne l'était pas et elle ne l'était pas. Elle se rassurait cependant en songeant que cela n'impliquait pas forcément Claire. C'était, ce devait être, une nouvelle manifestation de sa vieille aspiration.

Mais elle souhaitait de tout son cœur qu'on fût au printemps, en mars, que Claire appareille, hors de sa vie et de celle de Brian. Bien qu'elle en fût presque venue à croire qu'il n'existait qu'une amitié généreuse entre eux deux, elle était très lasse de Claire Kendry. Elle voulait se libérer d'elle, de ses allées et venues furtives. Si seulement quelque chose pouvait arriver, quelque chose qui ferait que John Bellew avancerait leur départ ou qui la débarrasserait d'elle. N'importe quoi. Elle s'en moquait. Pas même si sa Margery tombait malade, ou allait mourir. Pas même si Bellew découvrait...

Elle respira brusquement, comme haletante. Durant un bon moment, elle resta à regarder ses mains posées sur son giron. Étrange ! elle n'avait pas réalisé, jusqu'ici, avec quelle facilité elle pouvait éliminer Claire de sa vie ! Il suffisait de dire à John Bellew que sa femme... Non. Pas ça ! Mais s'il venait à apprendre ces visites à Harlem... Pourquoi hésiterait-elle ? Pourquoi épargner Claire ?

Mais l'idée de dire à cet homme, le mari blanc de Claire Kendry, quoi que ce soit qui l'inciterait à penser que sa femme était noire lui faisait horreur. Elle ne pouvait pas davantage l'écrire, ou le téléphoner, ou le dire à quelqu'un d'autre qui le lui dirait.

Elle était prisonnière de deux allégeances, différentes et pourtant semblables. Elle-même. Sa race. Race ! Cette chose qui la liait et l'étouffait. Quelles que soient les initiatives qu'elle prendrait, et même si elle n'en prenait pas, quelque chose en sortirait écrasé. Une personne ou la race. Claire, elle-même, ou la race. Voire elles trois. Rien, semblait-il, n'avait jamais été plus ironique.

Assise seule dans son salon tranquille, à la chaude lumière de l'âtre, Irène Redfield souhaita, pour la première fois de sa vie, ne pas être née noire. Pour la première fois, elle souffrit et se rebella d'être incapable d'ignorer le fardeau de la race. C'était assez, pleurait-elle sans larmes, de souffrir comme une femme, un individu, en son nom propre, sans avoir à souffrir pour la race aussi. C'était une cruauté, et imméritée. Assurément, nul autre peuple qui soit aussi maudit que les enfants noirs de Cham.

Pourtant, sa faiblesse, son amoindrissement, sa propre incapacité à prendre la mesure de tout cela ne l'empêchaient pas de souhaiter ardemment que, d'une manière qui lui indifférait, John Bellew découvrirait – non pas la tache noire de sa femme, Irène ne le souhaitait pas – mais qu'elle passait tout le temps de ses absences dans la noire Harlem. Rien que cela. Cela suffirait à la débarrasser à jamais de Claire Kendry.

III

Comme pour répondre à son souhait, Irène tomba nez à nez avec Bellew le lendemain.

Elle s'était rendue en ville avec Felise Freeland pour faire des courses. C'était une journée exceptionnellement froide, au vent puissant qui avait fait monter un rouge cuivré aux joues douces et dorées de Felise et rendu tout humides les yeux noisette d'Irène.

Serrées l'une contre l'autre, la tête penchée contre le vent, elles tournèrent le coin de l'Avenue pour entrer dans la 57e Rue. Une soudaine bourrasque les projeta avec une rapidité inattendue de l'autre côté et contre un passant.

— Pardon ! implora Irène en riant et elle leva les yeux sur le mari de Claire Kendry.

— Mme Redfield !

Il se découvrit. Il lui tendit la main, en souriant avec cordialité.

Mais ce sourire s'évanouit aussitôt. La surprise, l'incrédulité – et peut-être la compréhension – traversèrent ses traits.

Il venait de s'apercevoir, Irène le savait, de la présence de son amie, dorée, aux cheveux crépus et noirs de négresse, dont le bras restait joint au sien. Elle était certaine, à présent, qu'il comprenait, en la regardant à nouveau, ainsi que Felise. Et qu'il était mécontent.

Toutefois, il ne retira pas sa main tendue. Pas tout de suite.

Mais Irène ne s'en empara pas. D'instinct, dès le premier coup d'œil de reconnaissance, son visage s'était figé. À présent, elle lui retournait un regard totalement inexpressif, un peu interrogateur. En voyant qu'il restait là, à tendre la main, elle lui décocha le regard glacé qu'elle réservait aux séducteurs et tira Felise en avant.

— Aha ! On a « passé », hein ? Eh bien, j'ai tout fichu par terre, lança sa compagne de sa voix traînante.

— J'en ai bien peur.

— Eh bien, mon Irène, on dirait que ça t'ennuie terriblement. Je te demande pardon.

— Oui, ça m'ennuie, mais pas pour la raison que tu crois. Je ne crois pas avoir jamais joué à l'indigène blanche dans ma vie, sinon par commodité, au restaurant, pour les billets de théâtre, ce genre de choses. Jamais d'un point de vue mondain, sauf une fois. Tu viens de croiser la seule personne que j'aie jamais fréquentée sous l'apparence d'une Blanche.

— Vraiment désolée. Nos péchés nous rattrapent toujours. Raconte-moi.

— J'aimerais. Ça t'amuserait. Mais c'est impossible.

Le rire de Felise était aussi languide et nonchalant que sa voix calme.

— Se peut-il que l'honnête Irène ait... Oh, regarde ce manteau ! Là. Le rouge ! N'est-ce pas une merveille ?

« J'ai eu ma chance et ne l'ai pas saisie, songeait Irène. Il m'aurait suffi de parler et de le présenter à Felise avec cette remarque anodine qu'il était le mari de Claire. Rien que cela. Quelle idiote, quelle idiote je suis ! »

Cette loyauté instinctive à l'égard d'une race. Pourquoi ne pouvait-elle s'en affranchir ? Pourquoi devait-elle y inclure Claire ? Elle qui avait montré fort peu de considération pour elle et pour ce qui lui appartenait. Elle ressentait non pas tant du ressentiment qu'un vague désespoir de ne pouvoir évoluer à cet égard, de ne pouvoir séparer les individus de la race, ni elle-même de Claire Kendry.

— Rentrons, Felise, je suis si lasse que je pourrais tomber.

— Mais nous n'avons pas fait la moitié de ce que nous avions prévu !

— Je sais, mais il fait trop froid pour arpenter la ville. Mais passe la nuit à la maison si tu veux.

— Oui, je pense que je vais accepter ton offre si ça ne t'ennuie pas.

◊

À présent, un autre problème se dressait devant elle. Il fallait informer Claire de cette rencontre. La prévenir. Mais comment ? Elle ne l'avait pas vue depuis des jours. Écrire ou téléphoner était également dangereux. D'ailleurs, même s'il était possible de prendre contact, quelle en serait l'utilité ? Si Bellew n'avait pas déduit qu'il avait fait une erreur, s'il était certain de son identité – et il n'était pas né de la dernière pluie –, en informer Claire n'écarterait pas le résultat de leur rencontre. En plus, il était trop tard. Ce qui se préparait pour Claire Kendry l'avait déjà rattrapée.

Irène était consciente d'un sentiment de gratitude et de soulagement à l'idée d'être débarrassée de Claire, selon toute probabilité, sans avoir levé un seul doigt ni prononcé un seul mot.

Mais elle avait bien l'intention d'informer Brian de cette rencontre inopinée.

Mais cela, semblait-il, était impossible. Bizarre. Quelque chose la retenait. À chaque fois qu'elle était sur le point de dire : « Je suis tombée sur le mari de Claire dans une rue du centre aujourd'hui. Je suis certaine qu'il m'a reconnue et Felise m'accompagnait », elle n'arrivait pas à parler. Ses propos avaient trop l'air de l'avertissement qu'elle voulait donner. Il lui était même impossible de donner simplement l'information en présence des garçons, à la table du dîner.

La soirée traînait en longueur. Elle finit par dire « bonne nuit » et par se retirer à l'étage, sans avoir rien dit.

« Pourquoi ne lui ai-je rien dit ? Pourquoi ne lui ai-je rien dit ? Si un malheur survient à cause de cela, je ne me le pardonnerai jamais. Je le lui dirai quand il montera. »

Elle prit un livre, mais ne put lire tant l'opprimait un pressentiment confus.

Et si Bellew divorçait de Claire ? Le pouvait-il ? Il y avait l'affaire Rhinelander[1]. Mais en France, à Paris, de telles affaires étaient très simples. S'il en divorçait – si Claire était libre… Mais de tout ce qui pouvait arriver, c'était la seule chose qu'elle ne souhaitait pas. Elle devait écarter cette possibilité de son esprit. Elle le devait.

Puis lui vint une pensée qu'elle tenta de repousser. Si Claire venait à mourir ! Alors – Oh ! c'était honteux de sa part ! de le penser, et même de le souhaiter ! Elle se sentait faible et nauséeuse. Mais la pensée s'attardait. Elle ne pouvait s'en débarrasser.

Elle entendit la porte d'entrée s'ouvrir. Se refermer. Brian était ressorti. Elle enfouit son visage dans l'oreiller pour pleurer. Mais aucune larme ne sortit.

Elle restait là, éveillée, à penser au passé. À ses fiançailles, au mariage et à la naissance de Junior. À l'époque où ils avaient acheté la maison où ils avaient vécu si longtemps, si heureusement. À l'époque de la grave pneumonie de Ted, quand il l'avait surmontée et qu'ils avaient compris qu'il survivrait. Et à

1. Affaire célèbre entamée en 1924, un mois après le mariage de Leonard Kip Rhinelander, riche New-Yorkais, et de sa femme de chambre Alice B. Jones, sous prétexte qu'elle avait menti sur son « identité raciale ». En 1925, le jury exonère la jeune femme de toute fraude. Au prononcé du divorce, en 1930, elle obtient une indemnité et une rente à vie. *(NdT)*

d'autres souvenirs doux-amers qui ne reviendraient pas.

Par-dessus tout, elle avait voulu, s'était efforcée de préserver l'agréable ordonnancement de sa vie. Claire Kendry y avait fait irruption et, avec elle, une menace d'impermanence.

— Seigneur, pria-t-elle, faites que mars arrive, vite !

Peu à peu elle s'endormit.

IV

Le lendemain matin amena une tempête de neige qui dura toute la journée.

Après un petit déjeuner absorbé dans un quasi-silence et dont elle était soulagée d'être débarrassée, Irène Redfield s'attarda un peu dans le vestibule pour regarder les doux flocons qui tournoyaient. Elle observait comment ils comblaient aussitôt les vilaines brèches irrégulières laissées par des piétons pressés quand Zulena vint la chercher :

— Le téléphone, Madame. C'est Mme Bellew.

— Prenez le message, Zulena, s'il vous plaît.

Elle continuait à regarder par la fenêtre, mais elle ne voyait plus rien, poignardée qu'elle était par la peur – et l'espoir. Quelque chose s'était-il produit entre Claire et son mari ? Et si oui, quoi ? Allait-elle être enfin libérée de l'anxiété poignante des semaines précédentes ? Ou bien perdurerait-elle encore, empirerait-elle ? Le dilemme s'empara d'elle : fallait-il se ruer derrière Zulena pour écouter de vive voix le message de Claire ? Mais elle attendit.

Zulena revint :

— Elle a dit qu'elle pourrait se rendre chez Mme Freeland ce soir. Elle y sera entre huit et neuf.

— Merci Zulena.

Le jour se traîna en longueur jusqu'à son terme.

À table, Brian évoqua amèrement un lynchage dont parlait le journal du soir.

— Papa, comment se fait-il qu'on ne lynche que les gens de couleur ? s'enquit Ted.

— Parce qu'on les hait, mon fils.

— Brian ! s'interposa sa femme, sur un ton à la fois suppliant et critique.

— Oh ! et pourquoi on les hait ?

— Parce qu'on en a peur.

— Mais pour quelle raison ?

— Parce que...

— Brian !

— Il me semble, mon fils, que ce soit un sujet qu'on ne puisse aborder pour l'instant sans troubler gravement les dames de la famille, reprit-il avec un sérieux ironique, mais nous y reviendrons un de ces jours quand nous serons seuls.

— Je vois, dit son fils en hochant la tête à sa façon grave et charmante. Peut-être que nous pourrons le faire demain sur le chemin de l'école ?

— Ça serait parfait.

— Brian !

— Maman, remarqua leur fils aîné. C'est la troisième fois que tu dis « Brian » sur ce ton.

— Mais ce n'est pas la dernière, mon fils, ne t'inquiète pas, lança l'intéressé.

Puis les enfants quittèrent la table.

— J'aimerais tant, Brian, que tu n'abordes pas le lynchage devant eux, déclara-t-elle doucement. C'est vraiment impardonnable d'évoquer une chose pareille au dîner. Ils auront tout le temps d'entendre parler de ces horreurs quand ils seront plus grands.

— Tu te trompes complètement ! Si, comme tu le souhaites si fort, ils doivent vivre dans ce fichu pays, ils feraient mieux de découvrir ce qui les attend le plus vite possible. Plus tôt ils le sauront, mieux armés ils seront.

— Je ne suis pas d'accord. Je veux que leur enfance soit heureuse et aussi éloignée de la connaissance de ces sujets que possible.

— Très louable de ta part, répliqua Brian, sur un ton sarcastique. Très louable, en vérité, si l'on y réfléchit. Mais est-ce possible ?

— Mais bien sûr. Pourvu que tu joues ton rôle.

— Quelle farce ! Tu sais aussi bien que moi, Irène, que c'est impossible. À quoi a-t-il servi que nous essayions de les empêcher d'apprendre le mot « nègre » et ses connotations ? Ils les ont découvertes, n'est-ce pas ? Et comment ? Parce que quelqu'un a traité Junior de « sale nègre ».

— Quoi qu'il en soit, tu ne dois pas leur parler du problème racial. Je le refuse absolument.

Ils se fusillaient du regard.

— Je te le dis une bonne fois, Irène. Ils doivent savoir ces choses ; et il vaut mieux que ce soit maintenant que plus tard.

— Mais non ! insistait-elle en refoulant les larmes de colère qui lui montaient aux yeux.

— Je n'arrive pas à comprendre, grognait son mari, qu'une personne aussi intelligente que tu crois l'être puisse donner des preuves d'une telle stupidité.

Il la regardait d'un air aussi intrigué que fatigué.

— Stupidité ! s'exclama-t-elle. Est-ce stupide de vouloir que ses enfants soient heureux ?

Ses lèvres tremblaient.

— Oui, si cela nuit à la préparation de leur avenir ou à leur bonheur futur. Et j'estimerais ne pas avoir accompli mon devoir à leur égard si je ne leur donnais un aperçu de ce qui les attend. C'est le moins que je puisse faire. J'aurais voulu les tirer de cet enfer il y a des années. Tu t'y es opposée. J'y ai renoncé parce que tu t'y refusais. Mais n'attends pas de moi que je renonce à tout.

Elle resta muette sous le cinglon de ses mots. Avant qu'une réponse ne lui soit venue à l'esprit, il avait tourné les talons et quitté la pièce.

Assise là, seule dans la salle à manger désertée, serrant inconsciemment les mains dans son giron, les pressant avec force, elle était la proie de convulsions et de tremblements. La scène qui venait de se dérouler avait quelque chose de sinistre. Les derniers mots de son mari ne cessaient de lui tourner dans la tête : « N'attends pas de moi que je renonce à tout. » Que voulaient-ils dire ? Que pouvaient-ils signifier ? Claire Kendry ?

Il était clair qu'elle devenait folle de crainte et de soupçon. Elle ne devait pas se mettre dans un tel état. Elle ne devait pas ! Où étaient passés toute la maîtrise de soi, le bon sens dont elle était si fière ? C'était maintenant – ou jamais – qu'il fallait s'en servir.

Claire serait bientôt là. Elle devait se dépêcher ou elle serait de nouveau en retard et tous deux l'attendraient en bas comme ils l'avaient si souvent fait depuis cette première fois qui semblait si lointaine. Cela s'était-il vraiment passé en octobre dernier ? Elle avait l'impression d'avoir tant d'années de plus, et non des mois !

Épuisée, elle se leva et monta pour commencer à s'habiller pour la soirée alors qu'elle aurait tant préféré rester à la maison. Ce faisant, elle se demanda pour la centième fois pourquoi elle n'avait pas parlé à Brian de leur rencontre inopinée, elle et Felise, avec Bellew, la veille – et pour la centième fois, elle se refusa à admettre la vraie raison qui la poussait à retenir l'information.

À l'arrivée de Claire, rayonnante en robe rouge étincelante, Irène n'était pas prête. Mais elle l'accueillit avec un sourire qui avait à peine hésité :

— Décidément, je n'arrive pas à me déprendre de l'indolence nègre ! Nous n'espérions pas que tu pourrais venir. Felise sera ravie. Tu es superbe.

Claire déposa un baiser sur son épaule nue, sans paraître remarquer qu'elle se rétractait légèrement.

— Je ne pensais pas, moi-même, pouvoir me libérer ; mais Jack a dû partir pour Philadelphie à la dernière minute. Et me voici.

Irène leva la tête, les mots se pressant sur ses lèvres.

— Philadelphie ? Ce n'est pas très loin, n'est-ce pas ? Claire, je...

Elle s'interrompit, l'une de ses mains se cramponnant au tabouret, l'autre à la coiffeuse. Pourquoi ne poursuivait-elle pas et n'informait-elle pas Claire de cette rencontre ? Qu'est-ce qui l'en empêchait ?

Mais Claire ne remarqua pas la phrase restée en suspens. Elle déclara d'un ton léger, sur un rire :

— C'est assez loin pour moi. Où qu'il soit, loin de moi, c'est assez loin. Je ne suis pas difficile.

Irène se passa la main devant les yeux pour écarter le visage accusateur qui lui faisait face sur le miroir. Dans un coin de sa tête, elle se demandait depuis quand elle avait cette tête, tirée, épuisée et... oui, effrayée. Ou était-ce son imagination qui lui jouait des tours ?

— Claire, as-tu jamais réfléchi sérieusement aux conséquences s'il découvrait la vérité ?

— Oui.

— Ah ! Et à ce que tu ferais ?

— Oui.

Claire sourit rapidement, un sourire qui passa comme un éclair, sans altérer la gravité de son visage.

Ce sourire, la calme résolution de ce seul « oui » emplissaient Irène d'une terreur primitive et paralysante. Ses mains étaient insensibles, ses pieds comme de la glace, son cœur pesant comme de la pierre. Sa langue elle-même était lourde et mourante. De longs blancs séparèrent les mots de sa question :

— Et que ferais-tu ?

Enfoncée dans un large fauteuil, les yeux perdus dans le vague, Claire semblait retranchée dans quelque réflexion secrète et agréable. Pour son interlocutrice, dressée dans l'attente d'une réponse, il se passa un temps interminable avant qu'elle ne revienne au présent pour dire calmement :

— Je ferais ce que je veux faire plus que tout, pour le moment. Je viendrais m'installer ici. À Harlem, je veux dire. Alors, je serais à même de faire ce qui me plaît, et quand ça me plaît.

— Et Margery ? s'enquit Irène, froide et tendue, en se penchant en avant.

Sa voix, nerveuse, était un chuchotement.

— Margery ? répéta Claire, en laissant ses yeux papilloter sur le visage inquiet d'Irène. Je te dirai juste une chose, Reine : s'il n'y avait Margery, je le ferais de toute façon. Elle est la seule chose qui me retienne. Mais si Jack découvre la vérité, si notre mariage est brisé, je n'ai plus rien qui me retienne. Tu es de mon avis, n'est-ce pas ?

Son ton doux et résigné, son expression de candeur innocente, semblaient factices. Irène était convaincue que ses propos étaient une mise en garde. Elle se souvint que Claire Kendry avait toujours paru lire dans les pensées d'autrui. Elle serra les lèvres encore plus fermement, plus obstinément. Eh bien, elle ne lirait rien cette fois.

— Va donc en bas rejoindre Brian. Il est enragé.

Bien qu'elle fût décidée à ne pas laisser Claire voir ses pensées ou ses craintes, la phrase avait jailli, sans réflexion, sur ses lèvres. On eût dit qu'elle venait de quelque strate extérieure, calleuse, sans rapport avec son cœur torturé. Et ç'a avait été, se rendit-elle compte, la phrase idéale dans le contexte.

Car lorsque Claire se leva pour sortir, elle vit que ce stratagème était aussi bon que le premier, qui avait consisté à la garder ici pendant qu'elle s'habillait – voire meilleur. Elle n'aurait fait que la gêner et l'irriter. Quelle importance si ces deux-là passaient une heure de plus ou de moins seuls ensemble, à présent que tout était consommé entre eux ?

Ah ! C'est la première fois qu'elle consentait à admettre que tout était consommé, qu'elle ne s'obligeait pas à croire, à espérer que rien d'irrévocable ne s'était produit ! Eh bien, c'était arrivé. Elle le savait, et savait qu'elle le savait.

Elle s'étonnait, après avoir formulé cette pensée, concédé ce fait, de n'être pas davantage blessée, de ne pas s'en soucier davantage qu'au cours de ses précédentes tentatives désespérées d'y échapper. Et cette absence de douleur aiguë, insupportable, lui semblait injuste, comme si on lui refusait la consolation exquise de la souffrance qu'une pleine reconnaissance aurait provoquée.

Était-ce, peut-être, qu'elle avait supporté tout ce qu'une femme pouvait endurer d'humiliation, de peur, de tourments ? Ou qu'elle fût incapable de ce paroxysme de souffrance ? « Non, non, se récriait-elle fermement. Je suis aussi humaine que n'importe qui. C'est seulement mon extrême fatigue, mon extrême épuisement, je ne peux plus rien ressentir. » Mais elle ne croyait pas vraiment à cette explication.

La sécurité. N'était-ce qu'un mot ? Sinon, n'était-ce qu'en sacrifiant d'autres choses, le bonheur, l'amour, ou quelque sauvage extase toujours inconnue d'elle, qu'elle pouvait s'obtenir ? Et trop d'efforts, trop de foi dans la sécurité et la permanence rendaient-ils incapable d'obtenir ces autres choses ?

Irène n'en savait rien, elle ne pouvait trancher même si, pendant longtemps, elle s'interrogea en tâchant de comprendre. Malgré son introspection, ce sentiment de frustration, elle avait conscience que la sécurité était pour elle la chose la plus importante et désirable ici-bas. Elle ne l'échangerait pour nulle autre, ni pour toutes. Elle voulait seulement être tranquille. Pouvoir seulement diriger, sans trouble, dans leur intérêt, les existences de ses fils et de son mari.

À présent qu'elle s'était soulagée de ce qui ressemblait presque à un savoir coupable, qu'elle avait admis par un sixième sens ce qu'elle savait depuis longtemps, elle pouvait à nouveau faire des projets. Pouvait à nouveau penser aux façons de garder Brian à côté d'elle, et à New York. Car elle n'irait pas au Brésil.

Elle appartenait à ce pays de tours vertigineuses. Elle était américaine. Elle tirait sa substance de ce sol et refusait d'être déracinée. Pas même à cause de Claire Kendry, voire d'une centaine de Claire Kendry.

Brian, lui aussi, était d'ici. Par devoir, il leur appartenait, à elle et aux garçons.

Étrange, qu'elle ne pût être certaine, à présent, d'avoir un jour connu le véritable amour. Pas même avec Brian. Il était son mari et le père de ses fils. Mais était-il quelque chose de plus ? Avait-elle voulu davantage, l'avait-elle essayé ? À cette heure, elle en doutait.

Elle entendait le garder, malgré tout. Ses lèvres tout juste enduites de rouge s'amincirent jusqu'à ne plus former qu'une ligne étroite. Certes, elle avait cessé de se jouer la comédie en tentant de croire que son mari et Claire s'aimaient sans s'aimer, mais elle entendait toujours se cramponner à la coquille extérieure de son mariage, maintenir sa vie fixe, assurée. Acculée à la lisière de l'odieuse réalité, sa nature exigeante ne reculait pas. Il valait mieux, beaucoup mieux, le partager que de le perdre complètement. Oh, elle pouvait fermer les yeux, s'il le fallait. Elle pouvait le supporter. Elle pouvait tout supporter. Et mars approchait. Mars et le départ de Claire.

Elle comprenait à présent, dans son atroce évidence, la raison qui l'avait poussée à retenir – plutôt à omettre – la nouvelle de la rencontre avec Bellew. Si Claire était libre, tout pouvait arriver.

Elle interrompit sa toilette, voyant avec une parfaite clarté la sombre vérité tout de suite ressentie, dès ce premier après-midi d'octobre, au sujet de Claire et dont celle-ci elle-même l'avait naguère prévenue : elle obtenait ce qu'elle voulait parce qu'elle remplissait la condition primordiale de la conquête, le sacrifice. Si elle voulait Brian, Claire ne s'indignerait pas du manque d'argent ou de statut. Elle l'avait bien dit, seule Margery la retenait de tout envoyer valser. Et si la situation lui échappait... La moindre inquiétude, le moindre doute qu'une révélation était sur le point de se produire pourraient l'inciter à tout faire. Tout.

Non ! À aucun prix Claire ne devait apprendre cette rencontre avec Bellew. Pas plus que Brian. Cela ne ferait qu'affaiblir sa capacité à le garder.

Ils n'apprendraient jamais d'elle que Bellew avait commencé de se douter de la vérité sur sa femme. Et elle ferait tout, elle risquerait tout, pour l'empêcher de la découvrir. Quelle chance qu'elle eût obéi à son instinct et omis de le saluer !

◊

— Déjà montée au sixième étage, Claire ? s'enquit Brian après avoir arrêté la voiture et leur avoir ouvert la porte.

— Mais comment donc ! Nous habitons le dix-septième !

— Je veux dire, y es-tu jamais montée avec tes pieds de négresse ?

— Excellent, dit Claire en riant. Demande à Reine. Mon père était un portier, tu sais, au bon vieux temps, avant que n'importe quel appartement décati n'ait son ascenseur. Mais tu ne veux pas dire que nous allons devoir monter à pied jusqu'en haut ? Pas ici !

— Mais si. Et Felise habite tout en haut, lui apprit Irène.

— Mais pourquoi diable ?

— Je crois qu'elle prétend que cela décourage le visiteur oisif.

— Et elle a probablement raison. Malgré tout, c'est du masochisme.

— Oui, un peu, observa Brian. Mais comme elle dit, elle préfère mourir plutôt que de s'ennuyer.

— Oh, un jardin ! Comme c'est beau sous cette neige intacte !

— N'est-ce pas ? Mais reste sur le sentier avec tes souliers ridiculement fins. Toi aussi, Irène.

Irène marchait à côté d'eux sur le sentier de ciment balayé qui divisait la blancheur du jardin intérieur. Elle sentait un quelque chose dans l'air, quelque chose qui avait flotté entre ces deux-là et qui reviendrait. On eût dit une chose vivante qui s'imprimait contre elle. Un regard furtif et rapide lui montra Claire s'agrippant à l'autre bras de son mari. Elle lui lançait ce regard provocateur, de bas en haut, qui lui appartenait en propre, et ses yeux étaient rivés sur son visage avec une expression où Irène lisait autant d'ardeur que de mélancolie.

— C'est cette porte, je crois, les informa-t-elle d'une voix tout à fait habituelle.

— Fais bien attention, dit Brian à Claire. Ne quitte pas le droit chemin avant le quatrième. Ici, ils refusent absolument de porter quiconque sur plus des deux derniers étages !

— Ne sois pas grotesque ! lança sèchement Irène.

◊

La soirée commença gaiement.

Dave Freeland était en pleine forme, brillant, éloquent, étincelant. Felise, elle aussi, était amusante, moins sarcastique que de coutume, parce qu'elle aimait la douzaine d'invités qui ponctuaient le long salon désordonné. Brian était spirituel même si, nota Irène, ses remarques étaient quelque peu plus acides que d'habitude. Il y avait aussi Ralph Hazelton, qui jetait des objets brillants et absurdes dans la piscine de la conversation, objets que les autres, y compris Claire, repêchaient pour les y replonger, parés de nouveaux ornements.

Seule Irène n'était pas gaie. Elle restait presque silencieuse, en souriant de temps en temps, de manière à sembler amusée.

— Qu'est-ce qui ne va pas, Irène ? s'enquit quelqu'un. Tu as juré de ne jamais rire, ou quoi ? Tu es sérieuse comme un pape.

— Non. C'est simplement que vous êtes tous si intelligents que j'en reste bouche bée, absolument sonnée.

— Rien d'étonnant à ce que tu sois au bord des larmes, remarqua Dave Freeland. Tu n'as rien à boire. Que veux-tu ?

— Merci. Si je dois boire, sers-moi un verre d'eau gazeuse au gingembre avec trois gouttes de scotch. Verse le scotch d'abord, s'il te plaît. Ensuite les glaçons, puis l'eau.

— Dieux du Ciel ! se récria la moqueuse Felise. N'essaie pas de faire ce cocktail tout seul, Dave chéri. Demande au maître d'hôtel.

— Oui, s'il te plaît. Et au valet de pied.

Irène rit un peu puis reprit :

— Il fait affreusement chaud ici. Ça vous ennuie si j'ouvre la fenêtre ?

Et elle poussa l'une des portes-fenêtres dont les Freeland étaient si fiers.

Il avait cessé de neiger deux ou trois heures plus tôt. La lune venait de se lever et, loin derrière les hauts immeubles, on voyait s'immiscer quelques étoiles. Irène finit sa cigarette et la jeta, en regardant la minuscule étincelle tomber lentement vers le sol blanc en contrebas.

Quelqu'un avait allumé le phonographe dans la pièce. Ou était-ce la radio ? Elle ne savait ce qu'elle détestait le plus. Personne, du reste, n'écoutait son vacarme. La conversation, les rires ne s'interrompirent pas une seconde. Pourquoi leur fallait-il davantage de bruit ?

Dave revenait avec son verre.

— Tu ne devrais pas, lui dit-il, rester debout comme ça. Tu vas attraper froid. Viens avec moi et parle-moi ou écoute-moi pérorer.

Il la prit par le bras et lui fit traverser la pièce. Ils venaient de s'asseoir quand on entendit sonner à la porte ; Felise lui demanda d'aller voir ce que c'était.

Un instant plus tard, Irène entendit sa voix dans l'entrée, polie et indifférente :

— Votre femme ? Désolé. Je crains que vous ne vous trompiez. C'est peut-être à côté...

Alors on entendit le rugissement de la voix de John Bellew couvrir tous les autres bruits de la pièce :

— Je ne me trompe *pas* ! Je viens de chez les Redfield et je sais qu'elle les accompagne. Vous feriez mieux de vous écarter de mon chemin si vous voulez vous éviter des ennuis.

— Que se passe-t-il, Dave ? dit Felise en s'élançant dans l'entrée.

Brian en fit autant. Irène l'entendit déclarer :

— Je suis Redfield. Qu'est-ce qui vous prend ?

Mais Bellew ne lui prêta aucune attention. Il les écarta tous, entra dans la pièce et s'avança vers Claire à grandes enjambées. Tous la regardèrent se lever de son fauteuil, reculer un peu à son approche.

— Alors tu es une négresse, une saleté de foutue négresse ! Sa voix tenait du grognement, du gémissement, elle exprimait la rage comme la douleur.

Tout n'était plus que confusion. Les hommes avaient bondi dans sa direction. Felise s'interposait entre eux et Bellew. Elle lâcha rapidement :

— Attention. Vous êtes le seul Blanc ici. Et son intonation argentée et glacée valait mise en garde, comme ses mots.

Claire se tenait devant la fenêtre, aussi digne que si personne ne l'avait regardée avec curiosité et surprise, comme si toute la structure de sa vie ne venait pas de se fracasser devant elle. Elle semblait inconsciente de tout danger ou s'en moquer. Un vague sourire, même, flottait sur ses lèvres rouges et charnues, et dans ses yeux brillants.

C'est ce sourire qui rendit folle Irène. Elle s'élança à travers la pièce, prise de terreur et de férocité, et posa la main sur le bras nu de Claire. Une idée la possédait tout entière. Elle ne pouvait admettre que Bellew la répudie. Elle ne pouvait admettre qu'elle soit libre.

Devant se tenait John Bellew, que la peine et la colère avaient désormais réduit au silence. Au-delà, la petite masse des autres personnes et Brian qui s'en détacha.

Que se passa-t-il après, Irène Redfield ne se permit jamais de se le rappeler par la suite. Jamais clairement.

À la minute précédente, Claire était là, rayonnante et pleine de vie, telle une flamme rouge et or. La minute d'après, elle avait disparu.

Tous restèrent bouche bée d'horreur, et l'on entendit un son pas tout à fait humain, comme une bête agonisante :

— Nèg' ! Mon Dieu ! Nèg' !

Des pas pressés, précipités, descendant de longues volées de marches. Des portes claquées au loin. Des voix.

Irène s'attarda. Elle s'assit, resta tout à fait immobile, en fixant une ridicule gravure japonaise sur le mur, de l'autre côté.

Partie ! Le doux visage blanc, la chevelure claire, la troublante bouche écarlate, les yeux rêveurs, le sourire caressant, toute cette beauté torturée qu'avait été Claire Kendry. Cette beauté venue déchirer la vie placide d'Irène. Partie ! L'audace moqueuse, la bravoure de son attitude, les clochettes tintinnabulantes de son rire.

Irène n'était pas désolée. Elle était stupéfaite, presque incrédule.

Qu'allaient penser les autres ? Que Claire était tombée ? Qu'elle s'était délibérément penchée en arrière ? Certainement l'un ou l'autre. Pas que...

Mais il ne fallait pas penser à ça, se raisonna-t-elle. Elle était trop lasse, trop choquée. Les deux étaient vrais. Elle était absolument épuisée, violemment ébranlée. Mais ses pensées continuaient de se dévider. Si seulement elle avait pu s'affranchir aussi facilement de sa vigueur mentale que de celle du corps ; chasser de sa mémoire la vision de sa main sur le bras de Claire !

« C'était un accident, un terrible accident », murmura-t-elle avec énergie. « *Vraiment*. »

Des gens remontaient l'escalier. Par la porte restée ouverte, leurs pas et leurs voix se rapprochaient de plus en plus.

En hâte, elle se leva et passa sans bruit dans la chambre dont elle referma doucement la porte derrière elle.

Ses pensées se bousculaient. Aurait-elle dû rester ? Devait-elle aller les rejoindre ? Mais on lui poserait des questions. Elle n'y avait pas pensé, non plus qu'à l'après, à ceci. Elle n'avait pensé à rien dans ce moment soudain d'action.

Il faisait froid. Des frissons glacés lui couraient sur l'échine, sur le cou et les bras nus.

Dans la pièce adjacente, on entendait des voix. Celle de Dave Freeland et d'autres gens qu'elle ne reconnaissait pas.

Devait-elle remettre son manteau ? Felise s'était précipitée en bas sans rien mettre. Comme tous les autres. Comme Brian. Brian ! Il ne devait pas prendre froid. Elle prit son manteau et laissa le sien. Devant la porte, elle s'immobilisa un instant, pour écouter, pleine de peur. Elle n'entendit rien. Pas de voix, ni de bruits de pas. Très lentement, elle ouvrit. La pièce était vide. Elle sortit.

Dans le hall de l'immeuble tout en bas, elle entendit vaguement le bruit de pas qui montaient, d'une porte qu'on ouvrait et refermait, de voix éloignées.

Elle descendait toujours plus bas, en serrant dans ses bras frissonnants le pardessus de son mari qui traînait un peu sur les marches.

Que leur dirait-elle quand elle aurait enfin descendu ces volées de marches interminables ? Elle aurait dû se ruer dehors avec eux. Comment justifier qu'elle se soit attardée ? Elle-même n'en avait aucune idée. Et que lui demanderait-on d'autre ? Il y avait eu sa main tendue vers Claire. Comment l'expliquer ?

Au milieu de ces incertitudes, de ces questions, lui vint une pensée si terrifiante, si horrible qu'il lui fallut se cramponner à la rampe pour ne pas tomber tête la première. Une sueur froide trempait son corps tremblant. Elle haletait douloureusement.

Et si Claire n'était pas morte ?

Elle en eut la nausée, tant par peur qu'en imaginant le superbe corps mutilé.

Elle ne comprit jamais comment elle avait pu finir de descendre les marches sans s'évanouir. Mais elle arriva enfin en bas. À ce moment précis, elle tomba sur les autres, entourés par un petit cercle d'inconnus. Ils chuchotaient tous, ou adoptaient le ton bouleversé, très bas, que suscite la survenue d'un désastre. Son premier mouvement fut de faire demi-tour et de regagner en hâte l'endroit d'où elle venait. Puis un calme désespoir s'empara d'elle. Elle tendit les muscles, physiquement et mentalement.

— Voici Irène, à présent, annonça Dave Freeland qui lui apprit qu'ils avaient pensé, ne la voyant pas, qu'elle s'était évanouie ou quelque chose comme ça et qu'ils étaient sur le point de partir à sa recherche. Felise, elle s'en aperçut, lui tenait le bras ; son insolente nonchalance avait disparu et le brun doré de son beau visage avait pris une étrange teinte mauve.

Irène ne laissa pas paraître qu'elle avait entendu Freeland, mais elle alla droit vers son mari. Son visage semblait vieilli, altéré, ses lèvres violacées tremblotaient. Elle eut une grande envie de le réconforter, de dissiper magiquement sa souffrance et son effroi. Mais elle était désarmée, après avoir totalement perdu la maîtrise de son esprit et de son corps.

— Est-elle... est-elle... ? bredouilla Irène.

C'est Felise qui répondit :

— Instantanément, à notre avis.

Elle refoula le sanglot de gratitude qui lui montait à la gorge. Réprimé, il se transforma en gémissement, semblable à celui d'un enfant blessé. Quelqu'un posa une main consolatrice sur son épaule. Brian l'enveloppa de son manteau. Elle se mit à pleurer de façon déchirante, tout son corps secoué de sanglots convulsifs. Il fit une petite tentative, de pure forme, pour la réconforter.

— Allons, allons, Irène. Il ne faut pas. Tu vas te rendre malade. Elle est...

Sa voix se brisa brutalement. Comme de très loin, elle entendit Ralph Hazelton déclarer :

— J'étais juste en train de la regarder. Elle a basculé, tout simplement, et avait disparu avant qu'on puisse dire un mot. Elle s'est évanouie, selon moi. Seigneur ! Comme c'est allé vite. Jamais rien vu de si rapide de toute ma vie.

— C'est impossible, vous dis-je, absolument impossible !

C'était Brian qui avait prononcé ces mots, d'une voix hystérique et enrouée qu'Irène ne lui avait jamais entendue. Ses genoux se dérobèrent.

— Un instant, Brian, intervint Dave Freeland. Irène était tout à côté d'elle. Écoutons ce qu'elle a à dire.

Un moment de peur panique et de lâcheté absolue l'envahit.

« Oh Dieu, pensa-t-elle, pria-t-elle. Aidez-moi ! »

Un homme inconnu, l'air officiel et autoritaire, l'interrogeait :

— Vous êtes certaine qu'elle est tombée ? Son mari ne l'a pas poussée ou quelque chose comme ça, comme le Dr Redfield semble le penser ?

Elle se rendit soudain compte que Bellew ne se trouvait pas parmi le petit groupe grelottant dans l'étroit vestibule. Qu'est-ce que cela signifiait ? Tandis qu'une interprétation se frayait un chemin dans son esprit engourdi, un nouveau tremblement hideux s'empara d'elle. Pas ça ! Oh, pas ça !

— Non, non, protesta-t-elle. Je suis tout à fait sûre qu'il ne l'a pas fait. J'étais là, moi aussi. Aussi proche que lui. Elle est tombée, tout simplement, avant qu'on puisse la retenir. Je...

Ses genoux tremblants se dérobèrent pour de bon. Elle gémit et s'effondra, en gémissant encore. Dans la grande lourdeur qui la submergeait et la noyait, elle eut vaguement conscience que des bras forts la soulevaient. Puis ce fut le noir complet.

Des siècles plus tard, elle entendit l'inconnu déclarer :

— Mort accidentelle, selon toute probabilité. Remontons inspecter encore cette fenêtre.

Bibliographie

Œuvre de Nella Larsen

Nella Larsen, *Passing*, A Norton critical edition, edited by Carla Kaplan, New York, London, W. W. Norton & Company, 2007, 546 p. Cette remarquable édition comprend, outre le texte original de *Passing*, un dossier critique, historique et théorique, une anthologie de textes issus de la tradition du *tragic mulatto(a)* et du *passing novel*, une sélection de lettres de Nella Larsen, une chronologie et une bibliographie où l'on trouvera l'essentiel des sources – y compris les références à la cinquantaine de thèses universitaires déjà consacrées à Nella Larsen et à *Passing*.

The Complete Fiction of Nella Larsen, edited by Charles R. Larson, New York, Anchor Books, 2001, 278 p. L'œuvre complet de Nella Larsen comprend deux romans, *Quicksand* (1928) et *Passing* (1929), et trois nouvelles, « The Wrong Man » (1926), « Freedom » (1926) et « Sanctuary » (1930).

The Portable Harlem Renaissance Reader, edited by David L. Lewis, New York, Viking, 1994,

766 p. Cette anthologie comprend des textes de 45 auteurs du mouvement de la Renaissance de Harlem, dont Nella Larsen, Langston Hughes, W. E. B. DuBois, Paul Robeson, Alain Locke ou Countée Cullen.

Biographies de Nella Larsen

Thadious M. Davis, *Nella Larsen, Novelist of the Harlem Renaissance : A Woman's Life Unveiled,* Baton Rouge, Louisiana State UP, 1994, 492 p.

George Hutchinson, *In Search of Nella Larsen : A Biography of the Color Line,* Cambridge, Belknap of Harvard UP, 2006, 624 p.

Charles R. Larson, *Invisible Darkness : Jean Toomer & Nella Larsen,* Iowa City, University of Iowa Press, 1993, 241 p.

Table

10770

Composition
NORD COMPO

Achevé d'imprimer en Espagne
par BLACKPRINT CPI IBERICA
le 11 mai 2014.

Dépôt légal mai 2014.
EAN 9782290033333
OTP L21EPLN000980N001

ÉDITIONS J'AI LU
87, quai Panhard-et-Levassor, 75013 Paris

Diffusion France et étranger : Flammarion